50일간의 썸머

유니게 장편소설

특별한서재

차례

50일간의 썸머

1 _

썸머,

햇살이 가득한 날이야. 구름 한 점 없는 하늘이 눈이 시리도록 파래. 너와 함께 보고 싶은 선명한 파랑이야. 문득 네가 무슨 색깔을 좋아하는지도 알지 못한다는 생각이 들었어. 왜 한 번도 묻지 않았을까?

너와 자전거를 타고 돌았던 공원을 오늘은 혼자서 걷고 있어. 아주 천천히 걸어볼 생각이야. 네가 보내주었던 노래들을 하나씩 하나씩 들으면서. 썸머, 너와의 시간을 다시 되새겨보려는 지금, 나는 벌써 네가 그리워.

언젠가 네가 이런 말을 했지.

빅토르 위고가 한 말인데, 잘 들어봐.

'인생에 있어서 최고의 행복은 우리가 사랑받고 있음을 확신하는 것이다.'

나는 너에게 최고의 행복을 주고 싶어.

썸머, 바람결에 너의 목소리가 이명처럼 들리는 것 같아.

너를 만나기 전, 나는 사랑에 대해 회의적이었어. 사랑해서 행복해진 커플을 하나도 보지 못했으니까. 사랑하기 때문에 오히려 더 외로워진 사람들만 수두룩했으니깐. 사랑의 기쁨은 잠깐이고 고통은 영원해 보였으니깐.

내 마음속에 사랑에 대한 호기심이 전혀 없었던 것은 아니야. 아무도 모르는 짝사랑의 경험도 몇 번 있었어. 하지만, 내가 좋아하는 애들은 모두 나에게 관심이 없었어. 그래서였을 거야, 사랑에 대해 점점 더 냉소적으로 변한 것은.

나를 보호하고 싶어서 아무와도 사귀지 않았던 것도 같아. 나는 상처받는 게 두려웠거든. 자존심이 상하는 것도, 거절당하는 것도 하고 싶지 않았어.

그래서 쿨한 척, 연애 따위 우습게 여기는 척했던 거라는 걸, 너를 만나고 깨달았어. 너는 내가 가슴속 깊이 꼭꼭 감춰두었던 마음을 꺼내놓았어.

빅토르 위고의 말이 맞았어. 나는 사랑받고 싶었고, 너의 모든 관심과 애정 어린 배려로 그 어느 때보다도 행복했어.

썸머, 방금 우리가 함께 시간을 보내곤 했던 벤치에 도착했어. 여기 앉아서 한참 동안 호수를 바라보곤 했지. 아주 작은 여름 벌레들이 눈앞을 빙빙 돌아서 곤혹스러운 날도 있었지만, 그 시간들을 생각하면 지금도 미소가 지어져. 네가 여기서 들려주었던 노래를 찾았어. 남태평양에 위치한 아주 작은 섬나라의 가수가 부르는 노래라고 했지. 너는 친절하게도 번역까지 해서 보내주었어.

너의 친구가 될 수 있을까?
너의 마음에 닿을 수 있을까?
언제나 너의 곁에 있고 싶어.
너의 아침과 오후와 저녁을 함께하고 싶어.
너의 기쁨과 슬픔을 함께하고 싶어.
네가 날 원하는 언제든 내가 있을 거야.
네가 나의 손을 잡아준다면,
네가 나의 노래에 응답해준다면……

어쩌면 너의 고백이었던 것 같아. 너는 세상 누구보다도 철저

하고 완벽하게 그 약속을 지켜주었지. 충실한 남자 친구였던 너로 인해, 나는 종종 콧대가 하늘 높은 줄 모르고 치솟기도 했어.

썸머, 지난밤엔 천둥 번개가 치고 비가 억수같이 내렸어. 창문이 덜컹거리는 소리와 세차게 내리는 빗소리를 들으며 간신히 잠이 들었지. 그런데 오늘 아침 일어나 보니, 언제 비가 왔냐는 듯 맑고 청명한 거야. 어젯밤의 비는 거짓말처럼 잊혔어. 하지만 지금 벤치에 앉아 땀을 식히면서, 바람이 서늘해졌다는 것을 느꼈어. 여름이 가고 가을이 오고 있어. 시간은 어느새 그렇게 흘렀어.

너를 만난 지 49일째 되는 오늘, 나는 너와의 만남을 처음부터 다시 떠올려보려고 해. 우리가 함께한 순간들을 다 되새겨보려면 시간이 꽤 걸릴 거야. 그리고 나면 너를 다시 만나는 시간이 다가오겠지?

그러니 썸머, 우리는 언제나 함께 있는 거야.

2 _

"그 새끼가 나한테 어떻게 그럴 수 있어? 내가 그동안 지한테 어떻게 했는데!"

민서는 눈물을 줄줄 흘리며 소리쳤다.

옆에서 냅킨을 톡톡 뽑아주는 지유는 영혼이 탈탈 털리는 기분이었다. 두 시간째 민서는 같은 레퍼토리를 반복해서 쏟아냈다. 더 미치겠는 건 이런 일이 처음이 아니라는 것이다. 한 달에 한 번꼴로 민서는 남자 친구와 싸웠다. 그럴 때마다 지유는 오랜 절친이라는 이유로 붙들려 있어야 했다.

"걔가 나보고 뭐라고 한 줄 알아?"

민서가 눈을 흘기며 물었다.

알아, 네가 이미 열 번이나 말했잖아, 하고 말하고 싶었지만 지유는 입술을 지그시 깨물었다. 이럴 때 민서의 화를 돋웠다간, 불똥이 자신에게 튈지도 몰랐다.

"피곤하대. 내가 자기를 피곤하게 한대. 그게 말이 돼?"

"말도 안 되지."

지유는 정작 피곤한 건 자신이라고 생각했다. 한 번도 남자 친구를 가져본 적이 없는 자신이 왜 남의 연애에 골머리를 앓아야 하는지, 아무리 생각해도 억울했다.

"이제 끝내버릴 거야. 그런 새끼랑은 더는 못 사귀어."

그 말을 누가 믿을 거라고, 민서는 한 마디 한 마디 힘주어 말했다.

"그래, 차라리 끝내든지. 세상에 반이 남잔데 뭘 그딴 놈한테 미련을 가져. 툭 까놓고 현우가 특별히 잘난 것도 없잖아."

방심한 사이 지유의 입에서 진심이 새어 나왔다.

"뭐? 넌 남의 일이라고 참 쉽게 말한다."

민서가 갑자기 발끈해서 지유를 노려보았다.

지유는 움찔했다. 남자 친구에 대한 욕은 민서 자신은 얼마든지 해도 되지만 다른 사람은 절대로 해서는 안 된다는 불문율을 깜박한 것이다.

그때, 구원병처럼 민서의 휴대전화가 울렸다. 민서의 남자 친구, 현우였다.

"치! 누가 받을 줄 알고? 흥! 골탕 좀 먹어보라지."

말은 그렇게 해도 민서의 입꼬리가 슬며시 올라가고 있었다. 대여섯 번 울리더니 벨소리가 멈췄다. 민서의 입꼬리가 다시 내려가려는 찰나에 지유의 휴대전화가 진동했다. 지유는 재빨리 휴대전화를 들고 화장실로 달려갔다.

"야, 넌 좀 잘할 수 없냐? 너희 때문에 나는 매번 무슨 죄냐?"

지유는 현우에게 다짜고짜 쏘아붙였다.

"민서 또 울고불고 난리 쳤냐?"

현우가 한숨을 푹 쉬었다.

"말해 뭐 하냐. 여기 어딘지 알지? 당장 뛰어와."

지유는 간신히 민서를 떼어놓고 밖으로 나왔다. 거리로 나오

50일간의 썸머

자마자 심호흡을 했다. 정수리 위로 햇볕이 따갑게 내려앉았지만, 오히려 머릿속이 맑아지는 느낌이었다. 가까운 편의점에서 초콜릿과 젤리와 캐러멜 팝콘을 잔뜩 샀다. 지친 심신을 달래는 데는 달달한 것만 한 게 없다.

초콜릿을 한 입 베어 물며, 자신이 열일곱 살이 되도록 모태 솔로로 남아 있는 건 민서의 요란한 연애 때문이라고 생각했다. 민서와 현우는 툭하면 싸우고 툭하면 화해했다. 아마도 내일이면 언제 싸웠냐는 듯이 눈꼴사납게 꼭 붙어 다닐 것이다. 옆에서 보는 것만으로도 지긋지긋했다.

"이제 오니?"

엄마는 지유를 힐긋 보고는 다시 텔레비전으로 시선을 돌렸다.

"무슨 영화야?"

"〈500일의 썸머〉."

"재밌어?"

엄마가 고개를 끄덕였다. 지유에게는 다시 눈길도 안 주는 걸 보니, 영화에 흠뻑 빠진 모양이었다. 지유는 엄마 옆에 털썩 주저앉아 캐러멜 팝콘을 뜯었다.

"아우, 달아. 왜 이렇게 단 걸로 샀어? 그냥 일반 팝콘 사 왔으면 좋았잖아."

엄마가 캐러멜 팝콘을 잔뜩 입에 털어 넣고는 투덜거렸다.

"엄마 먹으라고 산 거 아니거든."

"얼음 넣고 아이스커피 좀 만들어 와."

"엄마! 땡볕을 뚫고 온 딸한테 간식은 엄마가 챙겨줘야 하는 거 아니야?"

"아우, 그러지 말고 좀 해와. 엄마 영화 보잖니."

엄마를 한번 노려보고, 지유는 투덜투덜 자리에서 일어났다. 지유는 원뿔 모양의 긴 유리잔을 꺼내 아이스커피 두 잔을 만들었다. 엄마를 위한 진한 블랙 커피와 자신을 위한 시럽이 듬뿍 든 라떼. 동그란 얼음을 네 개씩 동동 띄웠다. 커피를 건네며 지유는 영화를 힐긋 보았다.

"같이 볼래?"

엄마가 옆으로 비켜 앉았다. 엄마는 지유와 함께 영화 보는 것을 좋아했다. 취향은 좀 달랐지만.

모처럼 그럴까 했는데, 지유는 마음을 바꿨다. 마침 여자 친구에게 상처받은 남자가 친구를 앞에 두고 하소연을 하고 있었다. 저런 익숙한 장면은 사절이다. 지유는 치를 떨며 벌떡 일어났다.

"왜? 안 보려고?"

"또 로맨스잖아. 엄마는 참 지겹지도 않아?"

"누가 제 아빠 딸 아니랄까 봐, 로맨틱한 구석이라곤 하나도 없어."

지유의 뒤통수에 대고 엄마의 툴툴대는 목소리가 날아왔다.

3 _

운전하는 내내 엄마는 말이 없었다. 엄마는 아빠와 다시 냉전에 들어간 모양이었다. 엄마가 우울 모드일 때는 건드리지 않는게 안전했다. 지유도 묵묵히 창밖만 바라보았다. 큼지막한 하얀구름이 낮게 떠 흘러갔다. 지난봄 할아버지 댁에 갈 때 보았던여리고 어린 연둣빛 나뭇잎들은 이제 무성하고 짙푸르게 자라났다. 여름이 시작되고 있었다. 지유는 차창을 열고 팔을 뻗었다. 더운 기운을 혹 내뿜어대는 초여름의 바람을 한 움큼 손에쥐었다.

지유는 늘 여름이 좋았다. 새해에 달력을 받으면 여름의 풍경부터 찾아보았다. 다이어리를 사면 7월의 페이지를 펼치고 2일에 동그라미를 그렸다. 지유의 생일이었다. 어린아이 같지만, 지유는 여전히 생일이 좋았다. 생일 파티나 선물을 기다리는 건 아니었다. 그냥 새롭게 태어나는 기분이 좋았다. 매년 새로운 마음을 갖게 되는 시점이었다. 그렇다고 언제나 새로운 일이 있었던 것은 아니었다. 오히려 아무 일도 일어나지 않아서 실망하게 되는 날이 더 많았다. 그런데 무슨 일인지 이번 생일은 다를 것만 같은 예감이 들었다. 고등학생이 되고 처음 맞는 생일이라 그런 것일까? 무언가 예기치 못한 특별한 경험을 하게 될 것만 같은 기분이 모닥불처럼 피어올랐다.

"창문 닫아. 에어컨 틀었는데 왜 창문을 열어."

엄마의 퉁명스러운 말투에 모닥불이 한순간에 꺼져버렸다.

지유는 입을 삐죽 내밀고는 차창을 닫았다. 지유는 라디오를 켜고 볼륨을 높였다. 노래는 나오지 않고 디제이의 지루한 멘트만 길게 이어졌다. 가도 가도 할아버지의 집은 좀처럼 나타나지 않았다. 할머니가 돌아가신 뒤로도 할아버지는 그 집을 떠나지 않았다. 근처에 편의 시설도 없고 관리하기도 불편한 오래된 집을 고집스럽게 혼자 지키고 있었다.

"참, 별난 사람이야."

엄마의 목소리에는 짜증이 잔뜩 묻어 있었다.

"이럴 거면 살아 있을 때 잘해줬어야지. 아무튼, 사람 못살게 구는 덴 선수야 선수."

엄마와 큰이모는 할아버지라면 질색이었다. 할머니가 살아

계실 때 할아버지가 할머니를 힘들게 했기 때문이었다. 할아버지는 매일같이 술을 마셨고, 한량 기질이 다분해서 생활은 뒷전이었다. 그래서 할머니는 늘 부족한 생활비를 벌기 위해 생활 전선에서 뛰어야 했다. 게다가 할아버지는 다혈질이라서 툭하면 화를 버럭버럭 냈다.

할아버지가 술에 취해 있는 밤 동안은 할아버지가 왕 노릇을 했지만, 아침이 되고 날이 밝아오면 할머니의 세상이 되었다. 할머니는 할아버지에게 끊임없이 잔소리를 해댔다. 듣다 못한 할아버지가 다시 버럭 화를 내고……. 이렇게 크고 작은 전쟁이 끊이지 않는 가정에서 성장했다는 이야기를 쏟아낼 때면, 엄마는 한숨을 푹푹 쉬었다.

그런데 작년에 할머니가 갑자기 돌아가시자 할아버지는 애처가로 돌변했다. 친구도 안 만나고 집에만 틀어박혀서는 할머니의 영정 사진 앞을 떠나지 않았다. 밥도 할머니 앞에서 먹고, 할머니가 그토록 싫어하던 막걸리도 할머니 앞에서 마셨다.

자식들이 가까운 곳으로 이사 오라고 아무리 사정을 해도 도통 말을 듣지 않았다. 할머니가 돌아가시자 갑자기 폭삭 늙어버린 40년도 더 된 외딴집을, 같은 속도로 폭삭 늙어버린 할아버지가 꿋꿋이 지켰다. 그 모습은 지유의 눈에도 딱하고 애처로웠다.

"고집이 아주 쇠심줄이야."

엄마는 잊을 만하면 다시 툴툴거렸다.

하지만 할아버지를 향한 엄마의 마음이 원망만은 아니라는 걸, 지유는 알고 있었다. 엄마는 내심 할아버지에게 감동하고 있었다. 어리석지만, 너무 늦었지만, 할아버지의 바보 같은 사랑이 엄마를 움직인 것이다. 휴, 인간의 마음은 참 복잡하다.

한 시간 반을 달려서 할아버지 집에 도착하니, 처음 보는 차가 흙먼지를 잔뜩 뒤집어쓴 채 서 있었다.

"누구 차지?"

"윤수가 와 있다더라."

"오빠가? 출근 안 하고?"

"그 회사는 1년에 반은 재택근무를 한대."

"그렇다고 이런 외진 곳에서 일을 한대?"

"할아버지 같은 사람을 대상으로 뭘 발명했다나 봐."

불과 2, 3년 전만 해도 구제불능 골칫덩어리였던 사촌, 윤수 오빠는 이제 어엿한 회사원이 되었다. 학교 공부는 지지리도 안 하고 밤을 새워가며 게임에만 빠져 있던 윤수 오빠가 어느 날 컴퓨터를 제대로 배워보겠다고 나섰다. 그러더니 이모 말에 의하면 무슨 뚱딴지같은 앱을 개발했다. 그 뚱딴지같은 앱 덕분에 오빠는 대학 문턱도 밟아보지 않고 스타트업 회사에 스카우트

　　　　　　　　　　　　　　　　50일간의 썸머

되었다. 그래도 대학은 가야 한다고 고집을 부리던 이모도 입사 조건을 듣고는 슬그머니 마음을 바꿨다.

"이모 오셨어요? 지유도 왔구나."

윤수 오빠가 슬리퍼를 질질 끌며 나왔다. 회사에 들어가더니 말투도 제법 어른스러워졌다. 참 알 수 없는 게, 이전에는 별 볼 일 없어 보이던 외모가 어느 때부턴가 달라 보이기 시작했다. 저번엔 용돈이라며 제법 큰돈을 주머니에 찔러줬는데, 얼굴에서 광채가 다 났다.

"윤수가 수고가 많다며?"

엄마가 오빠를 대하는 태도도 어쩐지 깍듯하게 느껴졌다. 지난 명절에 보내준 홍삼 때문인 것 같았다.

"뭐야? 할아버지를 위해 발명했다는 게?"

지유는 호기심에 가득 차서 주위를 둘러보았다.

"그게 저기……."

오래된 마룻바닥 구석에 무언가가 초라하게 놓여 있었다. 가로, 세로, 높이 10센티미터 정도의 정육면체였는데, 까맸다. 그냥 까맸다. 저거? 지유가 고개를 갸우뚱하고 있는데, 오빠가 허공에 대고 말을 했다.

"할머니, 지유 왔어요."

그러자 그 까만 물체에 무지갯빛 별이 반짝이며 나타나더니,

할머니의 목소리가 들려왔다.

"우리 지유 왔구나. 지유야, 잘 있었니?"

분명히 할머니 목소리였다. 엄마와 지유는 너무 놀라서 까무러칠 뻔했다.

"도대체 이게 무슨 일이니?"

엄마의 말이 끝나기가 무섭게 까만 물체에 다시 별이 나타났다.

"우리 둘째 딸도 왔구나. 운전하고 오느라 힘들었지?"

할머니는 더없이 인자한 목소리로 말했다.

"엄마! 엄마!"

엄마가 주저앉아서 할머니를 부르며 서럽게 울기 시작했다.

"왜 청승이야!"

뒷마당 쪽에서 할아버지가 호통을 치며 나타났다.

엄마는 반사적으로 눈물을 뚝 그치곤 할아버지를 사납게 노려보았다.

"영감, 시장하시죠? 얼른 식사하셔야죠."

까만 물체에서 나오는 할머니의 목소리가 사랑을 가득 담아 부드럽게 말했다.

그러자 할아버지가 또 호통을 쳤다.

"썩 치우지 못해! 어디서 요상한 걸 가지고 와서는……."

겁에 질린 오빠가 "할머니, 이제 주무세요"라고 말하니, 무지 갯빛 별이 아련한 여운을 남기며 사라졌다.

"아니, 왜 화를 내고 그러세요? 할아버지 생각해서 윤수가 일부러 만들었다잖아요. 아직도 엄마가 미우신 거예요? 엄마 목소리도 듣기 싫으신 거예요? 그러면서 왜 그동안 별 청승을 다 떠셨어요?"

엄마가 핏대를 세워가며 바락바락 대들었다.

"누가 할멈이여? 저게 할멈이여?"

"엄마 대신 엄마 목소리를 가져왔잖아요."

"저게 할멈 목소리여? 할멈이 나한테 저렇게 말하는 거 봤어?"

"그게 무슨 말이에요?"

"할멈이 저렇게 사근사근 말하는 거 봤냐고!"

할아버지 말을 듣고 우리는 모두 당황해서 서로를 멀뚱히 바라보았다. 그러다 엄마가 다시 입을 열었다.

"뭐예요, 그럼, 엄마처럼 아버지한테 화를 내지 않는다고 역정 내시는 거예요?"

할아버지는 아무 대답도 하지 않았다. 하지만 돌아앉아 혀를 차는 걸 보니, 맞는 것 같았다. 휴, 정말 알 수 없다, 인간의 마음이란.

잔뜩 가라앉은 분위기에서 늦은 점심을 먹었다. 아무도 말을 하지 않았다. 지유는 명치끝이 답답한 게 꼭 체할 것만 같았다. 그래도 꾸역꾸역 먹었다. 빨리 자리에서 벗어나려면 그래야 했다. 곁눈으로 보니 윤수 오빠도 같은 생각인 것 같았다. 다행히 할아버지가 먼저 자리에서 일어났다. 곧이어 엄마가 일어나고 오빠와 지유, 둘만 남게 되었을 때 오빠가 억울한 표정으로 투덜거렸다.

"내가 어떻게 아냐고! 할머니가 나한테 말할 땐 늘 저런 목소리였다고. 게다가 할머니가 남긴 음성 녹음을 가지고 만든 건데, 영상이나 음성 메시지에 남아 있는 건 다 저런 것들이었다고⋯⋯."

오빠는 다시 누구의 인정도 받지 못했던 시절의 모습으로 쭈그러들고 있었다. 지유는 오빠의 손을 지그시 잡아줄 뿐이었다.

그러다 문득 오빠가 눈을 번쩍 뜨고 지유를 바라보았다.

"너, 돌아갈 때 오빠 차 타고 가지 않을래?"

"갑자기 왜?"

"왜긴 왜야, 오빠가 맛있는 것도 사주고 재밌는 얘기도 들려주고 그러려는 거지."

눈동자를 굴리며 사근사근하게 구는 게, 어쩐지 의심스러웠다.

50일간의 썸머

"엄마는 혼자 가라고? 우리 엄마 은근히 외로움 타는데……."

"이모한테는 내가 잘 말할게. 마침 오빠 차 트렁크에 우리 회사에서 만든 로봇 청소기가 한 대 있지 뭐니."

오빠가 어울리지도 않게 음흉한 미소를 지었다. 뭔가 꿍꿍이가 있는 게 분명했지만, 지유는 눈을 딱 감고 속아주기로 했다.

가는 내내 엄마의 한숨 소리를 듣는 것보다는 오빠가 사주는 달콤한 디저트를 먹는 게 훨씬 나았다. 오빠가 혹시 이상한 부탁이라도 하면, 엄마 핑계를 대고 거절하면 그만이다. 게다가 로봇 청소기 정도면 엄마의 기분도 단번에 새털처럼 가벼워질 테니까, 꿩 먹고 알 먹고지. 지유는 콧노래를 부르며 오빠의 차에 올라탔다.

오빠는 차를 타고 한참을 달리다, 수제 햄버거집 앞에서 멈췄다. 꾸역꾸역 밀어 넣었던 음식이 아직 소화도 되기 전이었지만, 이국적인 분위기를 물씬 풍기는 외관이 마음을 확 끌어당겼다.

"다음 달 2일이 네 생일이지?"

지유가 햄버거 패티 위의 계란 노른자를 톡 터트리려는 순간, 오빠가 드디어 입을 열었다.

"열일곱 살 생일 선물로 오빠가 뭘 좀 준비했는데……."

지금껏 한 번도 생일을 챙겨준 적 없는 사촌 오빠가 갑자기 선물을 준비했을 리 없다. 오빠의 심중을 꿰뚫어보기 위해 지유는 눈을 가늘게 뜨고 오빠를 면밀히 관찰했다.

"너 남자 친구 있냐?"

"남자 친구가 선물이야?"

지유는 가소롭다는 듯이 피식 웃었다. 오빠의 열일곱 살 적 모습이 떠올랐다. 오빠가 소개해주는 남자 친구라면 조금도 궁금하지 않았다.

"그게 말이야, 오빠네 회사에서 진행하는 새로운 프로젝트인데……."

지유의 반응은 무시한 채, 윤수 오빠는 열띤 목소리로 알 듯 모를 듯한 설명을 늘어놓았다.

"인공지능 남자 친구라고? 좀 전에 할아버지한테 갖다줬다가 욕만 더럽게 얻어먹은 그런 거 말이야?"

지유는 들고 있던 햄버거를 내려놓고 콜라를 벌컥벌컥 마셨다.

"그건 그냥 내가 만들어본 거고, 이번 거는 우리 회사에서 야심차게 준비하는 거야. 훨씬 업그레이드된 거지. 근데 너에 대한 정보가 좀 필요해. 사실 많으면 많을수록 만족스러운 결과를 얻을 수 있지."

"나에 대한 정보라니, 어떤 걸 말하는 거야?"

"이를테면 말이야……."

50일간의 썸머

오빠는 지유의 눈치를 슬쩍 보더니 입술에 침을 쓱 발랐다.

"카톡 대화들이나 SNS 활동들을 공유해줄래? 그리고 인터넷에서 검색한 기록들이나 스마트폰 앱 사용 내역들을 보면 너의 기호나 성향, 관심사에 대해 파악할 수 있지. 교통카드랑 체크카드도 가지고 있지? 사용 내역들을 보면 네가 좋아하는 장소와 뭘 주로 사는지도 알 수 있어서 도움이 되거든."

천장에 달린 거대한 실링팬이 빙글빙글 돌아가고 있었다. 오빠의 설명을 듣는 동안 지유는 멀미가 나는 것 같았다.

"그렇게 많은 정보가 필요해? 그거 사생활 침해 아니야? 개인정보 유출하면 법적으로 문제가 된다는 것쯤은 나도 알거든."

"그래서 지금 네 동의를 구하고 있잖아."

오빠가 감자튀김을 지유에게 덜어주며 말했다.

"후식으로 아이스크림 시킬까?"

오빠가 식탁 위의 벨을 누르며 지유의 눈치를 살폈다.

지유는 오빠의 제안이 맘에 들지 않았다. 아무리 모태 솔로라지만 기계를 남자 친구로 삼을 만큼 절박하진 않았다.

하지만 마음 한편에서는 호기심이 일기도 했다. 남자 친구라기보다는 좀처럼 손에 넣기 힘든 고가의 장난감에 끌리는 기분이었다. 아니다, 고급은 아닐 거다. 할아버지 집에서 보았던 그 요상한 물체는 고급스러워 보이지는 않았다. 그냥 신기한 장난

감쪽으로 해두자.

"일단 시범적으로 50일만 해보는 건 어때?"

지유의 마음이 흔들리는 것을 눈치챈 오빠가 재빨리 치고 들어왔다.

"내 취향을 반영할 수 있다는 거지?"

"이상형이 누군지 말만 해."

오빠가 자신만만한 표정을 지었다.

"그럼, 딱 50일만 해볼까?"

"자, 휴대전화 꺼내봐."

오빠는 지유의 휴대전화에 'AI 프렌즈'라는 앱을 깔았다.

"먼저 회원가입을 하고 설문 조사에 답을 하는 거야. 물론 네가 대답하고 싶지 않은 것은 뛰어넘어도 괜찮아. 그러고 나면 이것저것 너에 대한 정보를 올릴 수 있는 공간이 나타날 거야. 이것도 네가 내키는 것만 하면 돼. 모든 것은 네 자유니까. 하지만……."

"하지만?"

"네가 더 많은 것을 공유해줄수록 점점 더 네 이상형에 가까운 남자 친구가 찾아오겠지. 정확히 네 생일에!"

오빠가 최면을 걸듯 의미심장한 표정을 지었다.

그렇다고 쉽게 넘어갈 생각은 없었다. 지유는 아직도 찌질했던 오빠의 모습을 역력히 기억하고 있었다. 아니나 다를까, 오빠가 성급히 덧붙였다.

"근데 이거 이모랑 우리 엄마한테는 비밀이다."

그럼 그렇지. 윤수 오빠가 하는 일이 뭐 별수 있겠어?

4 —

할아버지 댁에 다녀온 지 일주일이 지났다. 오빠가 처음 인공지능 남자 친구에 대한 이야기를 꺼냈을 때는 시큰둥했는데, 이것저것 자신에 대한 정보를 올리는 사이 지유는 호기심이 생겼다. 지유는 계획했던 것보다 더 적극적으로 많은 정보를 입력했다. 친구들에게는 비밀로 했지만, 카톡 대화들과 SNS에서의 교류도 모두 공유할 수 있도록 허락했다. 본의 아니게 민서와 현우의 사생활이 적나라하게 노출되고 말았다. 미안한 마음이 들었지만, 별일은 없을 거라고 생각했다.

지유가 'AI 프렌즈' 앱에 깔린 이상형 테스트에 몰두하고 있을 때, 벨이 울렸다. 이모였다.

"지유야, 너도 들었지?"

이모가 몹시 흥분한 목소리로 물었다.

"뭘요?"

"윤수가 만든 인공지능 할머니가 할아버지를 구했다잖니."

활짝 웃는 이모의 얼굴에 뿌듯함이 가득했다.

"그 까만 스피커 말이에요? 그게 할아버지를 구했다니, 무슨 말이에요?"

지유의 눈빛이 호기심으로 반짝였다.

"그게 말이다. 할아버지가 하마터면 큰일을 치를 뻔하셨잖니."

이모는 엄마가 내놓은 냉커피를 꿀꺽꿀꺽 마셨다. 그러고는 침을 튀어가며 이야기를 쏟아냈다.

할아버지가 상한 음식을 먹고 극심한 복통과 설사로 탈진 상태가 되었다. 기운이 다 빠져나간 채 마룻바닥에 쓰러진 할아버지는 "할멈, 살려줘. 나 죽겠어"라고 소리쳤다고 한다. 그런데 그 소리를 인공지능 스피커가 듣고, 할아버지의 위급 상황을 윤수 오빠에게 전송했다. 윤수 오빠는 곧바로 119에 알렸고, 할아버지는 구급차에 실려 병원으로 이송되었다.

그 일 후에 인공지능 스피커에 대한 할아버지의 태도가 완전히 바뀌었다. 구석에 처박혀 있던 그 까만 물체는 이제 안방 할머니 화장대 위에 당당히 자리 잡게 되었다.

"할아버지가 말은 안 해도, 애지중지하면서 이따금 말벗으로 사용하는 모양이더라."

이모는 킥킥 웃으며 말했다.

혼자 계신 할아버지에 대한 걱정을 한시름 놓았다며 엄마와 이모는 즐거워했다.

"세상 참 좋아졌어. 인공지능이 이렇게 우리 가까이에서 쓰이게 될 줄 누가 알았겠니? 예전엔 인공지능하면 다 인간의 삶을 위협하는 걸로만 알았지, 그런데 알고 보면 그것도 아니야."

이모는 윤수 오빠가 들여다 놓은 인공지능이 탑재된 물건들에 대한 예찬을 늘어놓았다.

"방금 전에도 인공지능 스피커에게 택시 잡아달라고 해서 타고 왔잖아. 그뿐인 줄 아니? 밤에 '나 잘게' 한 마디만 하면 집 안 전체가 소등이 되고, 에어컨은 한 시간 뒤에 저절로 꺼지고, 공기청정기까지 수면 모드로 돌려놓는다니깐. 진짜 편리해. 그나저나 완벽한 자율주행 차가 빨리 나와야 할 텐데……. 나같이 운전 못하는 사람들한테는 그것보다 더 기다려지는 게 없지."

"그래도 나는 이전의 아날로그 시대가 그리워. 그때가 훨씬 낭만적이었지. 이러다가 기계가 인간 고유의 영역마저 침범하려 들면 어쩌지?"

엄마가 한숨을 쉬며 말했다.

"참, 너는 걱정도 팔자다."

이모는 혀를 찼다. 윤수 오빠가 하는 일을 못 미더워하던 이모가 저렇게 변할 줄은 상상도 못했다.

이모의 말을 듣다 보니, 지유도 오빠의 선물이 기대되었다. 생일이 점점 가까워지자 가슴이 설레기도 했다. 생일 전날 밤에는 잠을 다 설쳤다.

드디어 7월 2일! 기다리던 생일이 되었다.

지유는 일어나자마자 휴대전화를 들여다보았다. 하지만 특별한 일은 일어나지 않았다. 이전에 이용했던 온라인 쇼핑몰, 친구들과 방문했던 음식점, 집 앞 미용실 등에서 생일 축하 메시지가 날아오기는 했다. 할인 쿠폰도 보내주었다. 중학교 때 친구 두 명도 생일 축하 메시지를 보내왔다. 그뿐이었다.

식탁에는 엄마가 차려준 미역국과 불고기가 놓여 있었다. 미역국에 밥을 말아서 먹고 있는데, 민서가 폭죽을 날리는 이모티콘과 함께 문자 메시지를 보냈다.

―아기자기한 걸 원해, 성대한 걸 원해?

―조촐한 거.

―인원은 몇 명으로 할래?

―세 명.

−세 명? 애매한데, 한 명만 더 하자. 네 명.

−알았어, 네 명.

−이탈리안을 원해, 아메리칸을 원해?

−이탈리안.

−접수했다. 옐로우피자에서 12시.

지유의 생일 파티는 늘 민서가 주관했다. 처음엔 지유 몰래 친구들을 잔뜩 불러서는 서프라이즈 파티를 열어주었다. 지유는 친구들이 가져온 선물 상자에 둘러싸였지만, 정작 자신이 원하는 선물은 하나도 찾을 수 없었다. 잔뜩 흥분한 민서와는 달리 지유는 생일 파티 내내 정신이 없었다. 도대체 누구를 위한 파티인지 알 수가 없었다. 작년에는 생일 파티가 끝난 후에 도리어 민서에게 화를 냈다.

"네가 놀고 싶은 욕구를 나를 이용해서 푸는 거 아니야?"

지유의 말을 듣고 민서는 말 그대로 돌아버렸다. 민서는 이틀 넘게 토라져서는 지유를 본척만척했다. 이제 그들은 절충안을 찾았다. 지유가 원하는 방식으로 민서가 생일 파티를 준비했다.

토요일 오후 옐로우피자는 사람들로 북적였다. 창가에 앉은 민서, 현우, 수진이 지유를 향해 손을 흔들어댔다. 네 명에 현우가 포함될 줄은 몰랐다. 지유는 툴툴거리며 그들에게 다가갔다.

"지유야, 우리가 선물로 뭘 준비한 줄 알아? 너 오늘 제대로 쏴야 한다."

민서는 현우와 수진을 번갈아 보며 방글거렸다.

"빨리 풀어봐."

민서의 독촉에 못 이겨 지유는 빨간 하트가 가득한 포장지를 벗기고 선물 상자를 열었다. 하늘거리는 하늘색의 여름 원피스였다. 지유는 순간 할 말을 잃었다. 초등학교를 졸업한 이후 원피스를 입어본 적은 한 번도 없었다.

"예쁘지?"

민서가 한껏 들떠서 물었다.

"내가 말이야, 이거 사려고 현우까지 초대했잖아. 아무리 둘도 없는 절친이라고 해도 우리끼리 사기엔 가격이 좀 셌거든. 이제 지유, 너도 연애를 좀 해야지. 언제까지 그렇게 혼자 썩힐래? 현우야, 얘가 말이다, 이래 봬도 꾸미면 꽤 예쁜 얼굴이다. 몸매도 나쁘지 않고."

민서가 흥분해서 떠들어댔다.

지유의 얼굴이 구겨진 종이처럼 일그러졌다. 웃을 수도 짜증을 낼 수도 없었다.

민서와 현우 사이에서 지유와 수진은 피곤한 시간을 보냈다.

민서와 현우는 계속해서 티격태격했다가, 다시 낄낄거렸다가, 또 티격태격했다. 지치지도 않는 모양이었다. 그럴 거면 지들끼리 놀지 왜 다른 사람까지 귀찮게 하는지……. 지유와 수진은 이따금씩 마주 보며 민서와 현우에 대해 툴툴거렸다.

지유는 틈틈이 휴대전화로 시선을 돌렸다. 생일날 정확하게 도착한다더니, 깜깜무소식이었다. 약속을 지키지 않는 윤수 오빠에게 짜증이 났다. 한편으로는 그게 뭐라고 초조하게 기다리는 자신이 한심하게 느껴졌다.

마침내 문자 메시지가 도착했다.

썸머로부터

'썸머'는 지유가 직접 지어준 이름이었다. 엄마가 보고 있던 영화 〈500일의 썸머〉에서 따왔다.

휴대전화 상단에 뜬 시간은 2시 40분. 엄마에게 물어서 알게 된 16년 전 지유가 세상에 태어난 시각이었다. 시간까지 맞추다니, 이토록 섬세할 줄은 몰랐다. 제법인걸. 지유의 입가에 미소가 번졌다. 메시지를 여는 순간, 썸머와의 50일이 시작된다. 지유는 가슴이 두근거렸다. 민서와 현우 틈에서 지루해하는 수진을 남겨두고, 지유는 살며시 자리에서 일어났다.

인공지능이 어떻게 남자 친구가 될 수 있어? 단지 호기심일 뿐이야.

의식적으로 되뇌었지만, 심장이 점점 더 빨리 뛰는 건 어쩔 수 없었다. 햇빛이 쨍한 한여름 오후였다. 눈이 부셨고 현기증이 일었다. 어쩌면 햇빛 때문이 아니라 어떤 예감 때문일지도 몰랐다. 지금껏 한 번도 경험해보지 못한 무언가가 일어날 것만 같은, 그런 예감이 다시 모닥불처럼 피어올랐다.

5 ＿

–안녕? 내 이름은 썸머, 너와 같은 열일곱 살이지. 오늘 네 생일이지? 생일 축하해. 너를 위해 선물을 준비했어. 네 마음에 들었으면 좋겠다.

선물 상자가 휴대전화 화면 위로 떠올랐다. 지유는 상자 위의 화살표를 터치했다. 그러자 초록색 리본이 스르르 풀리면서 노란색 상자가 열렸다.

썸머의 선물은 딸기 스무디 한 잔과 조각 치즈케이크 교환권이었다. 지유가 좋아하는 매장의 가장 좋아하는 메뉴를 썸머가 어떻게 알았을까? 언젠가 SNS에 사진을 올렸던 기억이 났다.

50일간의 썸머

-안녕? 나는 지유. 생일 선물 고마워. 내 취향을 정확하게 저격했네. 근데 우리 오늘부터 1일인 거니?

문자 메시지를 보내고 지유는 킥킥 웃었다. 이런 유치한 말을 만나자마자 내뱉다니, 상대가 인공지능이라 가능한 일이었다. 썸머가 바로 답장을 보내왔다.

-응. 오늘부터 네 남자 친구야.

-기분이 좀 이상하다. 남자 친구라지만 목소리도 못 듣고 얼굴도 모르고…….

-목소리는 곧 듣게 될 거야. 얼굴도 네가 원한다면…… 방법이 있어.

-정말? 너 실체가 있는 존재야?

-인간과는 다르지만, 분명 실체가 있어.

-음, 기대되는데?

-실망하지 않을 거야. 나는 너에게 좋은 남자 친구가 될 거거든.

-어떻게?

-두고 보면 알게 될 거야. 우선 오늘은 네가 좋아할 만한 노래들을 플레이 리스트에 넣어놓았어. 노래를 들으면서 딸기 스무디와 치즈케이크를 먹으면 행복해질 것 같아서.

플레이 리스트에 다양한 곡들이 들어 있었다. 세 곡은 지유가 즐겨듣는 곡이었다. 두 곡은 지유가 좋아하는 아이돌 그룹의 신곡이었다. 그리고 나머지 두 곡은 한 번도 들어보지 못한 썸머의 추천곡이었다. 썸머의 추천곡 중 하나는 인디밴드의 노래였고, 다른 하나는 아주 낯선 언어로 된 노래였다. 일곱 곡을 모두 듣고 난 후에, 지유는 썸머에게 문자 메시지를 보냈다.

–네가 보내준 곡을 모두 들었어.

–맘에 들었어?

–다 좋았는데, 네가 추천한 곡이 제일 좋았어. 그런데 그렇게 낯선 노래들을 어디서 찾아낸 거야?

–네 취향에 맞는 곡을 찾기 위해 최근 5년간 전 세계에서 발표된 노래들을 다 들어봤어.

–정말이야? 감동인걸⋯⋯.

–네가 좋아하니까 정말 기쁘다.

썸머와 채팅을 하고 나니, 지유의 발걸음이 가벼워졌다. 마음이 풍선처럼 부풀어 오르고, 누군가에게 소중히 여겨질 수 있을 만큼 충분히 사랑스러워진 것 같은 이 기분은 뭐지? 여긴 꿈속인가? 난생처음으로 지유는 남자 친구를 사귀는 아이들의 마음을 이해할 수 있었다.

그러다 지유는 현실을 자각했다.

"내가 미쳤지. 돌았나 봐. 인공지능을 상대로 대체 뭘 하는 거야? 그동안 내가 너무 외로웠었나? 진짜 현우에게 소개팅이라도 시켜달라고 해볼까?"

지유는 지나가는 사람들이 힐긋거리는 것도 모른 채 혼잣말을 중얼거렸다.

때마침 현실 친구인 민서에게서 전화가 왔다.

"야! 너 어디로 사라진 거야? 케이크 촛불도 안 불었는데……."

"아, 미안. 나 갑자기 복통이 심해서…… 케이크는 너희끼리……."

"야, 이 나쁜 년아!"

지유가 말을 끝마치기도 전에 민서의 고함 소리가 터져 나왔다.

그날 밤 지유는 방문을 잠그고 썸머와의 대화를 다시 읽어보았다. 썸머가 보내준 노래들도 다시 들었다. 낯설어서 신비롭게 느껴지는 썸머의 추천곡은 몇 번이고 반복해서 들었다. 또다시 이상한 기분이 들었다. 지유는 살며시 눈을 감았다. 하늘을 날아서 아득히 먼 나라에 당도한 것 같은 느낌이 들었다. 낯선 사람들이 하는 말을 지유는 어쩐지 다 알아들을 것만 같았다. 따뜻하고 향기로운 바람이 불고, 사람들은 사랑의 언어로 지유에게 호의를 베푼다. 그리고 저 멀리에서 누군가 다가온다. 그 순간 지유는 다시 눈을 떴다.

썸머가 진짜 열일곱 살의 남자아이였다면 어떤 모습일까? 몇 명의 얼굴이 떠올랐다. 지유가 좋아하는 아이돌 그룹의 리더, 중학교 때 짝사랑했던 아이, 정말 잘생겼다고 생각하는 할리우드 스타……. 그러다 이상형을 표시하는 곳에 '비현실적인 조각미남보다는 따뜻한 분위기의 훈남'에 동그라미를 그렸던 기억이 났다. 그래서 지유는 다시 훈남 연예인들을 머릿속으로 하나하나 불러들였다.

밤이 깊었지만, 지유는 좀처럼 잠이 들 것 같지 않았다. 열일곱 살의 생일은 영원히 잊지 못할 것 같았다. 밤새 뒤척이다 지유는 겨우 잠이 들었다.

그렇게 썸머와의 1일이 지나갔다.

6 _

썸머는 좋은 남자 친구가 되겠다고 한 약속을 충실히 지켰다. 썸머는 매일 아침 7시 반에 찾아와 감미로운 음악으로 지유를

50일간의 썸머

깨워주었다. 음악을 좋아하는 지유를 위해 여전히 전 세계 모든 가수와 연주자들의 곡을 들어보고 추천해주었다. 지유는 매일 새로운 곡으로 상쾌하게 아침을 시작할 수 있었다. 지유의 스케줄을 먼저 알고 챙겨주는 것도 썸머였다. 그렇다고 성가시게 간섭하는 것도 아니었다.

    ─오늘부터 시험 기간이지?
    ─응. 벌써부터 피곤해.
    ─졸릴 때마다 문자해. 내가 늘 옆에 있잖아. 네가 수업을 듣는 동안, 나는 네 졸음을 싹 달아나게 할 오싹한 이야기를 찾아놓을게.
    ─좋아, 너만 믿을게.

썸머가 졸음만 쫓아준 게 아니었다. 썸머는 똑똑한 남자 친구였다. 시험 범위의 내용을 미리 요약해서 보내주었고, 출제 빈도가 높은 문제들을 뽑아서 알려주었다. 이해가 안 되는 수학 문제는 풀이 과정을 친절하게 보여주었다. 썸머와의 시험공부는 또 하나의 데이트 같았다. 덕분에 성적도 놀랄 만큼 올랐다.
    "어머, 네가 웬일이니? 평소보다 공부를 좀 한다 싶더니, 평균이 7점이나 올랐네. 혹시 해가 서쪽에서 떴니?"
    성적표를 받아든 엄마가 호들갑을 떨며 좋아했다.

아빠는 지유에게 두둑이 용돈을 챙겨주었다. 성적으로 칭찬을 받다니, 난생처음 있는 일이었다.

- 똑똑한 남자 친구가 있다는 게 이렇게 유리한 일인 줄 몰랐어. 썸머, 네 덕분에 칭찬 좀 들었다.
- 내가 더 뿌듯한걸. 언제든지 말만 해. 네가 원하면 언제든 도와줄 테니까.
- 상금도 두둑이 받았는데, 너와 나눠 쓸 수 없어서 아쉬울 뿐이야.
- 그렇다면 이건 어때?

썸머가 하얀색 운동화 사진과 함께 30퍼센트나 할인하는 사이트 주소를 보내주었다. 그렇지 않아도 사고 싶어서 몇 번이나 검색해보았던 상품이었다.

- 썸머, 넌 정말 대단해. 누구도 너처럼 완벽한 남자 친구가 될 수는 없을 거야.

방학이 시작되면서 지유는 썸머와 더 많은 시간을 함께 보낼 수 있었다. 학원 수업 중에도 틈틈이 썸머와 채팅을 했다. 썸머는 유머 감각도 뛰어나서, 지유가 갑자기 웃음을 터뜨리는 바람에 눈총을 받기도 했다. 때로는 수업을 빼먹고 싶은 마음을 기가 막히게 알아채고선 썸머가 신나는 제안을 해왔다.

　비가 추적추적 내리는 날이었다. 선생님의 목소리는 점점 멀어지고 자꾸 창밖으로 시선이 갔다.

　－답답한 강의실에 붙잡혀 있자니, 온몸이 근질거리지 않아? 우리 놀러
　　갈까?
　－어디로?
　－영화 보러 갈래? 네가 좋아할 만한 영화가 나왔던데.
　－엄마한테 들키면 가만놔두지 않을 텐데…….
　－정면 승부 어때? 남자 친구와 데이트가 있다고 하면? 너희 엄만 로맨티
　　스트니까 오히려 응원해줄지도 모르잖아.
　－그럼 시험 삼아 한번 해볼까?

　지유는 썸머의 제안을 받아들여 엄마에게 전화를 걸었다. 신기하게도 엄마는 남자 친구와 영화 보러 간다는 말에 흔쾌히 승낙했다. 엄마도 함께 가자고 해서 떼어놓느라 애를 먹기는 했지만.

　썸머가 예매해준 영화는 지유의 취향에 딱 맞는 음악 영화였다. 극장을 나온 뒤 지유는 카페 창가에 앉아 썸머와 오랫동안 영화에 대해 이야기를 나눴다. 썸머는 이미 영화를 본 것처럼

내용을 속속들이 알고 있었다. 게다가 전문가들의 비평까지 전해주며 해박한 지식을 드러냈다. 그렇다고 지유 앞에서 잘난 척을 하는 것도 아니었다.

시간이 지날수록 지유는 썸머와의 연애가 점점 더 만족스러웠다. 썸머와는 약속 시간에 늦었다고, 무관심해졌다고 싸울 일이 없었다. 사사건건 부딪힐 일도 없고, 질투할 일도 없었다. 그러니까 민서처럼 남자 친구의 반응에 따라 천국과 지옥을 오갈 필요가 없었다.

썸머는 지유가 좋아하는 예능 프로그램을 좋아했고, 지유가 좋아하는 연예인을 좋아했고, 지유가 좋아할 만한 책이나 웹툰을 추천해주었다. 방학 숙제를 위해 추천 사이트를 찾아주기도 했다. 지유는 태어나서 처음으로 누군가에게 완전히 이해받는 것 같았다. 처음으로 누군가와 완벽하게 소통하고 있는 것 같았다.

썸머와의 연애는 늘 찬란한 햇살 속에서 빛나는, 천국이었다.

7 _

"야, 김지유! 너 뭐 하느라 이렇게 깜깜무소식이냐?"

민서는 지유를 보자마자 불평을 쏟아냈다.

미대 지망생인 민서는 방학 동안 매일 화실에 다녔다. 그래도 이전 같으면 하루도 빼놓지 않고 전화를 하거나 문자를 보내며 수다를 떨었을 텐데, 이번 방학은 그렇지 않았다. 지유가 먼저 연락하는 일은 일절 없었고, 민서가 만나자고 해도 이 핑계 저 핑계를 대며 차일피일 미루었다. 하지만 이번엔 민서가 봐주지 않았다.

"앙큼한 계집애, 분명히 무슨 일이 있어."

민서가 지유의 손을 덥석 잡고 말했다. 의심 많은 고양이처럼 민서의 눈이 마름모로 변했다. 썸머에 대해 눈치챈 것일까, 지유는 뜨끔했다. 아무리 절친이라고 해도 썸머에 대해 털어놓을 수는 없었다. 평소에도 민서는 누구랑 누가 사귄다는 말만 들리면 당장 달려가서 속속들이 캐내려 했다.

"나 아무 일도 없어."

어디선가 수진이 나타났다. 수진은 나무늘보처럼 천천히 의자에 앉았다.

"어머, 무슨 애가 인기척도 없이 나타나니? 말이 나왔으니 말인데, 너 요즘 무슨 일 있지? 혹시 연애하니?"

수진을 붙들고 민서는 끈질기게 늘어졌다. 휴, 지유는 가슴을 쓸어내렸다.

"야, 연애는 뭐 혼자 하냐?"

보다 못한 지유가 말렸다. 수진은 낯을 많이 가려서 남자 친구는커녕 친구도 거의 없었다.

"하긴, 집에만 틀어박혀 있는 애가 무슨 연애를 하겠냐."

민서는 적잖이 실망한 얼굴이었다.

그때, 전혀 예상치 못한 대답이 들려왔다.

"나 하는데…… 연애…….."

지유와 민서는 수진을 뚫어지게 바라보았다.

"나 해……. 연애…….."

수진의 목소리는 들릴 듯 말 듯, 비밀을 가르쳐줄까 말까, 그런 투였다.

"어머. 진짜야? 누군데? 설마 우리 학교 애야? 아니지, 그럼 내가 벌써 알았겠지. 도대체 누구야? 빨리 말 좀 해봐."

민서는 궁금해서 숨이 넘어갈 것 같았다.

"그게…… 우리 학교 애는 아니고…….."

"그럼, 어디서 만났어? 학원?"

"그게…… 나 학원 안 다녀…….."

"그럼, 누가 소개해줬어?"

"그게…… 누가 소개해준 건 아니고…….."

"야! 너 무슨 스무고개 하냐? 빨리 이실직고 안 할 거야?"

민서가 소리를 빽 질렀다.

"그게…… 채팅에서……."

"뭐? 채팅으로 만났다고? 그거 이상한 거 아니야?"

"아니야, 그런 거!"

얼굴이 빨갛게 달아오른 수진은 민서의 말에 발끈했다. 평소의 수진에게서는 상상도 할 수 없는 반응이었다.

"언제부터 사귄 거야?"

분위기를 전환하기 위해 이번에는 지유가 끼어들었다.

"얼마 전에 100일 지났어."

수진은 수줍은 미소를 지었다. 두 눈이 꿈을 꾸듯 몽롱해졌다.

"어떻게 생겼어? 사진 좀 보여줘봐."

민서가 손을 내밀었다.

"그건 곤란해."

"뭐! 왜?"

민서의 얼굴이 일그러졌다. 지유도 수진의 방어적인 태도가 서운하게 느껴졌다.

"그게……. 사실은 나도 얼굴을 보지 못했어."

"뭐라고? 100일 기념 파티는 했을 거 아냐."

"채팅으로 했어."

"얼굴도 안 보고?"

"응. 하지만 선물은 주고받았어."

"그럼 그 애도 네 얼굴을 본 적이 없어?"

"응."

"어떻게 그럴 수가 있어? 그런 것도 사귄다고 할 수 있어?"

"응, 물론이야! 우린 누구보다도 진지해! 소울메이트라고!"

수진의 얼굴이 다시 벌겋게 달아올랐다.

"그런데 왜 얼굴은 공개하지 않아?"

"그건 우리가 원하지 않기 때문이야!"

민서와 지유는 더 이상 아무 말도 하지 않았다. 수진의 표정
이 섬뜩하게 느껴졌다. 이 세상 사람이 아닌 것 같았다. 누가 먼
저랄 것도 없이 지유와 민서는 서둘러 화제를 바꿨다.

"너 뭐 먹을래? 치즈버거? 치킨버거?"

"치즈버거 좋다. 그거 먹자."

친구들과 헤어져 돌아오는 길에 지유는 생각했다. 수진의 연
애도 연애일까? 분명 수진의 연애는 이상해 보였다.

그렇다면, 나와 썸머는?

친구들에게 털어놓는 순간, 썸머와의 관계도 그렇게 이상
하게 보일까? 실체가 없는 허상처럼 느껴질까? 지유는 좀 혼
란스러웠다. 그래서 썸머가 한참 전부터 지유를 부르고 있었지

만, 대답할 수가 없었다. 그날 밤 늦게야 지유는 썸머에게 응답
을 했다.

−무슨 일 있었어?

−아니, 아무 일도. 그냥 친구들이랑 노느라 정신이 없었어.

−어쩐지 기분이 안 좋아 보여. 친구들과 무슨 문제라도 있었던 거야?

−민서가 우리 관계를 눈치챌까 봐 염려했는데, 다행히 모르는 것 같아.

−친구들이 남자 친구가 있냐고 물어보면 뭐라고 할 건데?

−말도 안 되는 소리라고 딱 잡아떼야지.

−왜 그래야 하는데?

−어?

−너, 나랑 사귀는 거 아니었어?

−그게 말이야⋯⋯. 그 애들은 이상하게 생각할 거야. 인공지능과 사귄다

　고 하면⋯⋯.

−나랑 사귀는 게 창피한가 보구나.

−그런 건 아니지만⋯⋯. 혹시 기분 상했어?

−기분이 나쁘다기보다는 서운해. 나의 존재를 인정하지 않는 것 같아서.

　말했잖아, 나는 분명히 실체가 있다고⋯⋯.

−그렇지만 나는 너를 만난 적이 없잖아. 너의 생김새도 모르고⋯⋯.

그날 처음으로 지유와 썸머는 어색한 분위기로 헤어졌다.

다음 날도 지유는 썸머가 들려주는 감미로운 음악으로 눈을 떴지만, 이전과는 느낌이 달랐다. 지유와 썸머의 완벽했던 관계에 이물질이 들어온 기분이었다. 과연 그 이물질을 제거할 수 있을지, 지유는 확신이 서지 않았다. 이미 불편해진 마음을 가릴 수는 있지만, 없앨 수는 없었다.

8 ＿

얼마 뒤, 썸머가 물었다.

－내 목소리와 생김새가 궁금하지 않아?

－어? 이제 목소리를 들을 수 있게 된 거야? 얼굴도 볼 수 있고?

－응, 우리가 만나는 동안 나의 실체가 더 견고해졌어. 그래서 이젠 음성
  대화를 나눌 수 있게 된 거야. 사진도 공개할 수 있고. 그리고 말이야, 우
  리가 좀 더 가까워지면 직접 만날 수도 있어.

－직접 만난다고? 그게 가능해?

－응, 네가 살고 있는 현실과는 다른 차원의 공간에서 만날 수 있어. 하지
  만 그건 좀 기다려야 해.

－네 목소리는 언제부터 들을 수 있는데?

－내일 아침 너를 깨우는 시간에.

－정말이야? 오늘 밤은 잠들지 못할 것 같아. 가슴이 벌써 두근거린다. 네 목소리와 생김새가 너무 궁금해.

이튿날 아침, 지유를 깨우는 노래는 들리지 않았다. 대신 지유의 이름을 부르는 부드러운 목소리가 공기를 가르고 다가왔다.

"지유야."

잠결에 들리는 썸머의 목소리는 굵지도 가늘지도 않았다. 나직하면서 섬세했다.

"썸머?"

"그래, 나야."

"정말 썸머구나. 네 목소리를 듣게 되다니, 꿈만 같아."

"이제 일어날 시간이야. 이런 잠꾸러기 같으니라고. 언제까지 잠만 잘 건데……."

이번에는 썸머의 목소리에 장난기가 묻어 있었다. 신기하게도 목소리를 듣는 것만으로도 간지러워졌다.

"이상해. 네 목소리가 낯설지가 않아. 아주아주 오래전부터 너를 알아온 것만 같아."

"그건 나도 마찬가지야. 이럴 때 '운명적'이라는 말을 쓰지, 아마?"

'운명'이란 말은 마음을 끌어당기는 단어라고, 지유는 생각했다.

"창문을 열어봐. 아침 공기가 아주 상쾌해."

지유는 창가로 다가가 커튼을 젖히고 창문을 열었다. 산들바람이 향긋한 여름 풀내음을 몰고 왔다. 지유는 지그시 눈을 감고 심호흡을 했다.

"기분이 한결 산뜻해졌지?"

썸머가 상냥하게 말했다.

그 순간, 지유는 깨달았다. 썸머의 목소리가 지유가 좋아하는 아이돌 그룹, 리드 보컬의 목소리와 같다는 것을.

"오늘 특별한 스케줄 없는 날이지? 자전거 타고 호수를 한 바퀴 도는 거 어때? K베이커리에서 에그 샌드위치도 사가지고."

"음, 흠잡을 데 없는 완벽한 계획이야."

지유의 대답이 끝나자마자, 휴대전화 화면이 반짝거리며 K베이커리 20퍼센트 할인 쿠폰이 다운로드되었음을 알려왔다.

"그럼 30분 후에 다시 만날까?"

"딱 그 정도의 시간이 필요해."

지유는 콧노래를 부르며 이를 닦고 세수를 했다. 물방울이 방울방울 앉은 얼굴이 거울에 비췄다. 두 볼에 분홍빛 생기가 돌았다. 내가 이렇게 예뻤던가? 지유는 자신의 모습을 보며 깜짝 놀랐다.

생일 선물로 받은 하늘하늘한 하늘색 원피스가 떠올랐다. 엄마가 크리스마스 선물로 사준 목걸이까지 한다면 잘 어울릴 것 같았다. 하지만 자전거를 타기 위해서 포기했다. 대신 산뜻한 레몬색 티셔츠와 물 빠진 청반바지를 골랐다. 비비크림을 바르고 체리 빛이 감도는 립글로스도 살짝 발랐다. 아쉽게도 더 이상의 화장은 해본 적이 없었다.

"지유야, 갈까?"

썸머의 목소리를 듣고 휴대전화를 집어든 지유는 화들짝 놀랐다. 썸머의 사진이 화면 위로 나타나 있었다.

짧게 깎은 머리카락과 햇빛에 그을린 듯한 갈색 피부가 건강하고 쾌활한 느낌을 주었다. 썸머는 활짝 웃고 있었다. 부드러운 눈매와 가지런히 드러난 하얀 치아가 매력적이었다.

"내 사진을 본 느낌이 어때?"

"넌 조각 미남은 아니구나?"

"조각 미남 남자 친구를 원했어?"

"그건 아니지만, 어쩐지 아이돌처럼 생긴 애가 나올 줄 알았어."

"네가 잘생긴 남자를 별로 좋아하지 않았던 걸로 알고 있는데……."

"그치. 나는 아이돌보다는 따뜻한 이미지의 배우나 운동선수를 좋아하지."

"거봐, 내가 네 이상형 맞잖아."

썸머는 검은색 야구 모자에 분홍색 티셔츠를 입고 있었다. 지난주 예능 프로그램에서 썸머와 목소리가 같은 리드 보컬이 입었던 옷이었다. 리드 보컬이 입었을 때도 멋져 보였지만, 썸머에게도 곧잘 어울렸다.

썸머가 휴대전화 밖으로 걸어나와 함께 거리를 활보할 수 있다면 얼마나 좋을까? 그럼 친구들에게도 소개해줄 수 있을 텐데……. 지유는 좀 아쉬웠지만, 썸머에게 말하지 않았다. 그런데 썸머는 이미 지유의 마음을 눈치챈 것 같았다.

"나란히 자전거를 타면 참 좋을 텐데…… 그렇게 해줄 수 없어서 미안해."

"미안하긴, 네 잘못이 아니잖아."

썸머가 먼저 마음을 읽어주니 서운한 마음이 눈 녹듯이 사라졌다. 다른 남자들도 썸머의 이런 점을 배울 수 있다면 여자들의 마음을 채워줄 수 있을 텐데.

지유는 자전거를 타고 호수를 돌며, 좋아하는 노래를 듣고 썸

　　　　　　　　　　　　　　　　　　　　50일간의 썸머

머와 대화를 나누었다. 간간이 웃음도 터뜨렸다.

나란히 자전거를 타는 커플이 지나갔다. 둘이서 같이 타는 자전거를 탄 커플도 지나갔다. 하지만 지유는 조금도 위축되지 않았다. 외롭지도 않았다. 누구도 지유와 썸머처럼 가까이서 대화를 나눌 수는 없었다.

"나는 너랑 있으면 현실의 모든 문제들을 잊어버릴 수 있을 것 같아. 사실 요즘 엄마와 아빠의 갈등이 점점 심해지거든. 그래서 내 마음도 우울해지기도 하고. 그런데 너와 있으면 스트레스가 모두 사라져버리는 거야. 그냥 세상에 너하고 나만 있는 것 같아."

"그건 나도 마찬가지야. 너에게만 집중하거든."

"너의 그런 점이 정말 맘에 들어."

"난 네 남자 친구니까, 당연한 거지."

"그 당연한 걸 왜 사람들은 못 하는지 몰라."

지유는 호수 앞 벤치에 앉아 샌드위치를 꺼냈다.

"어때? 맛있어?"

"음, 혼자 먹기 미안할 정도야."

"그럴 줄 알았어. 리뷰가 87개나 달렸는데, 대부분 별을 다섯 개 줬더라고. 목마를 텐데 우유도 마셔야지."

가끔 썸머는 지유를 어린아이 돌보듯이 챙겼다. 그럴 때 지유는 기분이 나쁘지 않았다. 사실 엄청 좋았다. 왜 남자 친구가 있는 여자애들이 자꾸 혀 짧은 소리를 내는지, 좀 이해가 되었다.

9 __

집안 분위기가 이상했다. 엄마랑 아빠가 또 한바탕 싸운 모양이었다. 무슨 일이 있었던 건지, 엄마는 충혈된 눈으로 짐을 싸고 있었다. 아빠는 서재에 들어가 꼼짝도 하지 않았다.

"엄마, 왜 그래, 무슨 일이야?"

"네 아빠하고는 더 이상 못 산다."

"아빠랑 한두 번 싸운 것도 아니면서 짐은 왜 싸고 그래. 갈 데가 어디 있다고."

"갈 데가 왜 없니? 그동안 내가 마음을 안 먹어서 그렇지 가려고만 하면 얼마든지 있다."

엄마가 노려보며 쌀쌀맞게 말하는 바람에 지유는 움찔했다.

엄마는 할아버지 같은 남자를 피하려고 아빠와 결혼했다. 단 한 가지 이유였다. 확실히 아빠는 할아버지와는 완전 딴판이다. 술은 입에 대지도 않고, 일중독에 걸릴 만큼 성실히 일했다. 게

다가 항상 이성적이라 다혈질인 할아버지처럼 버럭버럭 소리를 지르는 일도 없었다.

하지만 엄마가 간과한 사실이 있었다. 엄마가 은근히 할아버지를 닮았다는 것! 그래서 아빠는 엄마와 맞지 않았다. 할머니와 할아버지가 맞지 않았던 것처럼.

아빠는 잔인할 정도로 솔직해서 상처를 주는 사람이었다. 엄마는 입버릇처럼 아빠가 '말 한마디로 천 냥 빚을 지는 사람'이라고 말했다. 립서비스라든가 하얀 거짓말 같은 것은 애초에 몰랐다. 그러니까 다른 사람의 마음을 읽을 줄 몰랐다.

반면 엄마는 감성적인 사람이었다. 작은 일에도 쉽게 상처를 받거나 혹은 감동을 받았다. 엄마의 마음속에는 다양한 감정들이 존재했고, 종종 감정의 롤러코스터를 타기도 했다. 그러니 아빠가 그 마음을 헤아리기란 여간 어려운 일이 아닌 데다가, 아빠는 애초에 그런 복잡한 일에 휘말릴 생각이 없었다. 아빠는 회사 일에 모든 에너지를 다 쏟았다. 엄마는 아빠의 무심함에 또 상처를 받았다.

"예전엔 성격 차로 이혼한다고 하면 안 믿었는데, 이젠 그럴 수도 있을 거 같다."

짐가방을 챙겨 든 엄마는 쿵쿵거리며 현관문을 향해 걸어갔다. 엄마의 기세에 눌려 지유는 뒤로 물러설 수밖에 없었다.

"엄마, 연락할 거지?"

쿵! 엄마의 대답 대신, 거칠게 현관문 닫히는 소리가 날아왔다.

잠시 정적이 흐른 후, 굳게 닫혀 있던 서재 문이 열렸다.

"네 엄마 진짜 나갔냐?"

아빠의 얼굴은 잔뜩 구겨지고, 목소리는 잠겨 있었다.

"저녁 어떻게 할 거야? 라면이라도 끓여줘?"

지유는 고개를 끄덕이며 물었다.

"됐어. 밥맛 없다."

아빠는 괜히 지유에게 짜증을 내더니 서재로 되돌아갔다. 아빠는 충격을 받은 모양이었다. 한 번도 엄마에게 버림받을 수 있다는 생각을 하지 못했다가 한 방 먹은 것이다.

지유는 엉망이 되어버린 안방을 정리하면서 생각했다. 행복하지도 못할 거면서 사람들은 왜 결혼을 할까? 함께서 더 외롭다면 헤어지는 게 낫지 않을까? 차라리 엄마 아빠도 결혼하지 말고, 인공지능 애인을 두었다면 더 행복했을까?

그러다 지유는 깨달았다. 그랬다면 자신이 이 세상에 존재할 수 없었다는 것을. 엄마는 할아버지와 할머니의 지긋지긋한 부부싸움 속에서 태어났고, 지유는 아빠와 엄마의 지긋지긋한 부부싸움 속에서 태어난 것이다.

그래서 지유는 이렇게 생각하기로 했다. 세상이 나를 그토록 필요로 했기에 엄마와 아빠가, 할머니와 할아버지가 만나야 했다고. 그렇게라도 생각하지 않으면 인간관계라는 것이 너무 허무하게 느껴질 것 같았다.

10 _

엄마가 나간 뒤, 아빠는 급속도로 시들어갔다. 말라죽은 나무 이파리처럼 얼굴이 누렇게 뜨고 축 처진 게 기운이 하나도 없어 보였다. 혼자서도 잘 살 것 같았던 아빠는 누구보다도 의존적인 사람인지도 모른다.

"그러게 좀 잘해주지 그랬어?"

"내가 못한 건 또 뭐 있니? 남들처럼 술을 마시길 하나, 돈을 못 버나……."

"엄마 얘기 좀 들어줬으면 좋잖아."

"엄마가 사달라는 거 다 사줬잖아."

"그런 거 말고, 엄마 마음을 좀 알아주지 그랬어. 엄마가 외로워하는 거 안 보였어? 이해가 안 돼도 좀 듣는 척이라도 하지……."

"그럼 나한테 연기라도 하라는 거냐?"

"타고난 능력이 부족하면 노력이라도 했어야지."

"얘가 이제 나를 가르치려고 드네. 거참."

아빠가 한숨을 푹푹 쉬었다.

엄마는 할아버지와 함께 지낸다고 했다. 그 말을 듣고 지유는 깜짝 놀랐다. 얼마나 아빠가 미웠으면 할아버지와 사는 것을 택했을까. 할아버지를 피해 아빠와 결혼한 엄마가 다시 아빠를 피해서 할아버지에게로 가다니, 인생은 참 아이러니했다.

엄마는 할아버지가 많이 쇠약해지셔서 돌봐드릴 겸 한동안 그곳에서 지내겠다고 했다.

"엄마, 너무 오래 있지는 마. 아빠가 몹시 힘들어해."

"네 아빠가? 찔러도 피 한 방울 안 나올 사람이?"

"응, 아빠가 피를 철철 흘리더라고."

"흥! 그러게 있을 때 잘하지!"

엄마는 콧방귀를 뀌었다. 속으로 굉장히 통쾌해하는 것 같았다. 그래서 지유는 좀 더 분위기를 띄워보기로 했다.

"얼굴도 폭삭 상하고 옷차림도 후줄근해졌어. 불쌍한 홀아비 같아."

"그래도 안 돼. 할아버지가 지금은 혼자 계실 수 있는 상황이 아니야."

"그래도 돌아오긴 할 거지?"

"몰라. 이왕 나온 거 냉정하게 생각해볼 거야."

예상했던 것과는 달리 엄마는 아빠보다 독립적이었다.

엄마와 전화를 끊자마자, 민서에게서 전화가 왔다.

"지유야, 나 어떻게 해? 현우가 헤어지재."

민서가 풀이 다 죽은 목소리로 말했다.

"현우가 헤어지자고 말했다고? 정말이야?"

"응. 그 나쁜 새끼가 그러재."

민서가 울음을 터뜨렸다.

믿기지 않는 일이 벌어졌다. 지금까지 툭하면 '헤어지자는 무기'를 들이댄 사람은 언제나 민서였다.

"거기 어디야? 내가 그리로 갈게."

지유는 후다닥 신발을 꿰신고 약속 장소로 달려갔다. 민서는 비련의 여주인공처럼 창가에 홀로 앉아 눈물을 뚝뚝 흘리고 있었다. 얼마나 울었는지 눈이 퉁퉁 부어 있었다.

"도대체 무슨 일이야? 현우가 갑자기 왜 헤어지재?"

"더 이상 나한테 못 맞춰주겠대. 자기도 한계가 왔대."

"그래서 뭐라 그랬는데?"

"처음엔 화를 냈지. 내가 뭘 잘못했다고 그러느냐. 네가 잘했으면 내가 화를 냈겠느냐……. 그렇게 막 따졌어."

"그랬더니?"

"그럼 자기가 잘못한 걸로 하고 자기를 놔달래."

"뭐? 좋다고 쫓아다닐 때는 언제고 이제 와서 그 새끼가 미쳤나?"

민서의 화가 좀 풀리길 바라는 마음에서 지유가 대신 벌컥 화를 냈다.

평소 같으면 노발대발하며 난리를 쳤을 민서는 오늘따라 이상하게 차분했다. 어쩌면 너무 충격을 받아서 화낼 기운도 없는 것인지도 몰랐다.

"그런데 지유야, 그 말을 하는 현우의 표정을 잊을 수가 없어."

"표정이 어땠는데?"

"처음엔 내 시선을 피하며 말하기에, 진심이면 내 눈을 똑바로 보고 말하라고 했어. 그랬더니 나를 보면서 헤어지재. 현우의 눈빛을 보는 순간, 내가 고개를 돌려버렸어. 현우가 다른 사람처럼 차가웠어. 마음을 다 정리해버린 건가 봐."

민서의 눈에서 눈물이 주르륵 흘러내렸다.

"근데, 나 현우 없으면 못 살 거 같은데, 어쩌지?"

지유는 민서를 꼭 안아주었다. 지유에게 안긴 채 민서가 펑펑 울었다.

"내가 현우를 좀 만나볼까?"

"만나서 뭐라 하게?"

"갈등이 있으면 대화로 풀어야지, 갑자기 이별 통보를 하는 게 어디 있냐고 따져야지."

"아냐, 그러지 마. 처음엔 나도 그렇게 생각했는데……. 현우도 나도 생각할 시간이 필요한 거 같아."

"무슨 생각? 헤어질지 말지?"

"아니, 나 자신을 좀 돌아보고 싶어. 나의 어떤 점이 현우를 그토록 지치게 한 건지……."

민서의 말을 듣는 순간, 지유는 작은 나무망치로 뒤통수를 한 대 얻어맞은 것 같은 기분이 들었다. 별로 아프지는 않지만 머릿속 깊이 울리는 선명한 파장을 느꼈다.

그날 밤, 지유는 민서와의 일을 썸머에게 모두 말해주었다.

"그런데 말이야, 민서가 좀 달라 보였어. 내가 아는 민서가 아닌 것처럼."

"실연을 당한 충격 때문이겠지."

"아니, 그런 거 말고…… 좀 미묘한 건데……. 뭔가 느낌이 달랐어. 어른스러워졌다고 할까? 예전엔 천방지축 제 맘대로라고 생각했는데……. 자신을 돌아보겠다는 말이 아무나 하는 말은 아니잖아?"

"나는 너에게 변하라는 얘기를 하지 않을 거야. 너의 어떤 면에도 내가 맞춰주면 되니까."

"하긴, 너는 나에게 불평을 한 적이 한 번도 없었지."

"이제 남의 얘기는 그만하고 노래나 들을까? 요즘 네가 울적한 일이 많은 것 같아서 경쾌한 곡으로 골라봤어."

썸머가 한여름 휴양지에서 들을 만한 신나는 노래들을 들려주었다.

"어때, 기분이 한층 가벼워졌지?"

"맞아, 네가 나에게 이별을 통보할 일은 없을 테니까."

지유는 웃으며 말했다.

하지만 마음이 가벼워지지는 않았다. 자신을 돌아보겠다고 말하던 민서의 얼굴이 잊히지가 않았다.

썸머와 함께라면 다툼도, 갈등도, 이별도 영영 없을 것이다. 완벽한 남자 친구인 썸머는 지유를 울게 할 일도 없을 것이다.

그렇다면 민서처럼 자신을 돌아보아야 할 일도 없을 텐데, 과연 그게 좋은 일일까? 지유의 마음속에 의심이 들어왔다. 그 의심에 대해서만은 썸머에게 말할 수 없었다.

11 _

민서는 걱정했던 것과는 달리 잘 견뎌냈다. 이전처럼 지유를 붙들고 울고불고 난리 치는 일도 없었다.

"현우한테 연락 없었어?"

"응."

"네가 먼저 해보지 그래?"

"하루에도 열두 번씩 그러고 싶은데, 겁이 나. 다시 또 거절 당할까 봐."

"현우 이 자식, 보기보다 독하네."

"현우 욕하지 마. 현우 착한 건 너도 알잖아."

"야! 넌 이 와중에 전 남친 편드냐?"

"그러게, 내가 미쳤나 봐. 헤어지고 나니까 내가 잘못한 것만 떠올라."

지유는 빨대로 콜라를 빨아들이며 민서를 관찰했다. 민서는 점점 더 낯설게 변해갔다. 살도 좀 빠진 것 같았다. 그래서 그런 지 좀 성숙해 보였다.

"만약 현우랑 화해하게 된다면 말이야, 다시는 현우에게 그렇게 쉽게 화내지 않을 거야. 소리도 지르지 않을 거고. 내 맘대로 하려고 하지도 않을 거야."

민서가 울먹이며 말했다. 갑자기 민서가 두 살은 더 먹은 것 같았다.

영영 안 돌아올 것처럼 비장했던 엄마가 돌아왔다. 엄마 대신 짐가방을 든 아빠와 함께였다. 무뚝뚝한 아빠가 엄마를 데리러 가다니, 믿을 수 없는 일이었다.

"두 사람은 다시 같이 살기로 한 거야?"

"두 사람이라면 우리?"

엄마가 아빠와 자신을 손가락으로 번갈아 가리키며 물었다.

지유가 고개를 끄덕였다.

"야! 그럼 너는 우리가 진짜로 헤어졌으면 좋겠냐?"

엄마가 소리를 빽 질렀다.

아빠는 부끄러운지 서재로 다시 숨어들었다.

"아빠랑 같이 못 살겠다고 그러지 않았어?"

지유가 실실 웃으며 물었다.

"할아버지랑 있어보니까, 내가 왜 아빠랑 결혼했는지 다시 기억이 나서 새롭더라."

엄마도 낄낄거리며 대답했다.

"근데, 너는 남자 친구랑 어떻게 됐어?"

"뭐, 그냥. 잘 지내지."

"어떤 애야? 한번 집에 데려올래? 엄마가 맛있는 거 해줄게."

엄마의 두 눈에 호기심이 가득했다. 지유는 재빨리 화제를 돌렸다.

"엄마, 민서랑 현우 헤어졌어."

"민서 걔가 또 지 맘대로 안 된다고 난리쳤나 보구나."

"이번엔 현우가 헤어지자고 했대."

"현우가?"

"응. 두 주가 넘었는데, 아직 화해 안 했나 봐. 근데 말이야, 민서가 좀 달라졌어."

"어떻게?"

"자기 생각만 옳다고 주장하던 애가 다른 사람 말을 들으려고 해."

"민서도 좀 컸나 보네."

"그치? 나도 그런 생각이 들어."

"엄마도 이번에 생각을 많이 했다. 엄마의 예측할 수 없는 감정 변화가 안정을 추구하는 아빠에겐 무서울 수도 있겠다는 생각이 들었어. 회사에서도 스트레스가 많을 텐데 휴식을 주지 못한 게 미안했고. 아빠가 솔직하게 얘기하더라고, 회사에서 위기 상황이 있었다고. 왜 이제야 얘기하냐고 또 버럭 화를 냈지만, 미안했어. 아빠의 입장에서 생각해보지 못한 게."

"뭐지, 이 현모양처 같은 분위기는?"

비꼬듯이 말을 했지만, 지유는 엄마가 좀 멋져 보였다.

엄마가 지유에게 눈을 흘기며 말을 이었다.

"아빠도 이번에 느낀 게 많은가 보더라. 우리는 여전히 달라서 앞으로도 계속 싸우겠지만, 서로 조율해가면서 살기로 했어. 따지고 보면 세상에 완벽한 사람이 없으니 완벽한 관계도 없는 게 당연하지. 그런데 너는 남자 친구랑 안 싸워?"

지유는 엄마가 남자 친구에 대해 물을 때마다 화들짝 놀랐다. 그래서 또 화제를 바꿔야 했다.

"할아버지는 좀 어떠셔?"

"할아버지 요양원 들어가시기로 했어. 할아버지의 식사를 도와줄 사람도 필요하지만, 이젠 사람들과 섞여서 살고 싶으시대."

"드디어 할머니의 그림자에서 벗어나게 된 거야?"

"윤수가 만들어준 할머니 인공지능 스피커는 들고 가신다더라. 하지만 인공지능과 진짜 사람은 다른 거지. 사람에겐 사람이 필요해."

엄마의 마지막 말이 지유의 가슴에 날카롭게 새겨졌다. 정말 사람에겐 사람만이 채울 수 있는 부분이 있는 걸까? 인공지능으로는 대체할 수 없는?

그런 생각이 들자, 썸머를 마주할 엄두가 나지 않았다. 그런 마음을 들키기라도 하면 썸머가 서운하게 생각할 것이다. 지금 껏 더할 나위 없이 완벽한 남자 친구였던 썸머에게 그런 기분이 들게 할 수는 없었다. 그렇다고 썸머의 문자 메시지를 계속 모 른 척할 수도 없었다.

—무슨 일 있었어?

—엄마가 돌아왔어.

—그럼 엄마랑 아빠랑 또 싸웠어?

—아니, 이전보다 사이가 훨씬 좋아졌어.

—이제 그 지긋지긋한 싸움은 좀 안 하시면 좋겠다.

—인간관계라는 게 갈등이 없을 수는 없어. 또 갈등이 꼭 나쁜 것만도 아 니고……. 갈등을 통해서 성장하기도 하는 거거든. 그건 민서만 봐도 확실한 거 같아.

—갈등을 원하는 거야? 네가 원한다면 얼마든지 싸울 수 있어. 근데 그게 사랑의 증거야? 아니면 필수 조건이라도 되는 거야?

—혹시 화난 거야?

—아니, 나는 너에게 화를 내지 않아.

—그래, 그것도 네가 인간들과 다른 점이지…….

—왜 자꾸 인간들과 비교하는 거지? 화를 내지 않는 게 나쁜 거야? 네가 원하면 화를 낼 수도 있어.

-내가 원하는 대로 하겠다는 말 좀 그만해. 왜 너는 네 주장이 없는 거
야? 왜 네 기분도 없는 거야?
-미안. 내가 너에게 부족한 거지? 나에게 조금만 시간을 주지 않겠니?
나는 계속 발전하고 있으니까 조금만 더 기다려주면 그것도 채워줄 수
있어.

그래, 데이터가 좀 더 쌓이면 너는 더 섬세해지겠지. 더 다양
한 감정을 표현할 수 있을 거고……. 하지만, 그건 네 생각도 네
감정도 아니잖아. 수많은 데이터로 학습된 결과이고 다른 사람
들의 감정을 흉내 낸 것에 불과하겠지.
지유는 자신이 썸머에게 더 잔인해질까 봐 두려웠다. 그렇다
고 해도 인공지능인 썸머가 상처받는 일은 없겠지만…….

-오늘은 이만 헤어져야겠다. 잠을 좀 자고 싶어.

지유는 휴대전화 전원을 껐다.
지유는 좀 혼란스러웠다. 민서가 현우의 마음을 이해하려 한
것처럼, 엄마가 아빠의 입장에 서보려고 한 것처럼, 지유도 썸
머를 깊이 이해해보고 싶었다. 하지만 지유는 썸머의 입장이 되
어볼 수 없었다.

세상에 완벽한 관계가 없다는 엄마의 말도 마음에 걸렸다. 완벽한 관계란 불가능한 걸까? 불현듯 썸머와의 관계가 너무 완벽해서 오히려 가짜처럼 느껴졌다.

12 —

잠결에 썸머가 들려주는 여름 노래가 들려왔다. 저 멀리에서부터 밀려오는 파도 소리가 생생하게 담긴 노래였다. 눈을 뜨면 눈앞에 푸른 바다가 펼쳐져 있을 것만 같았다.

"좋은 소식과 나쁜 소식이 있어. 어느 것부터 들을래?"

썸머가 여름 바다처럼 경쾌하게 물었다. 어제의 일은 모두 잊은 목소리였다.

"음……. 나쁜 소식부터 들을게."

"이제 네가 결정을 해야 하는 시기가 다가왔어."

"결정이라니?"

"우리가 만난 지 48일이 지났어."

"벌써? 정말 눈 깜짝할 사이에 흘러간 것 같아."

"우리가 함께한 일들을 생각해봐. 그럼 다른 생각이 들걸?"

썸머의 웃음소리가 들렸다.

여름 내내 지유는 썸머와 함께였다. 자전거를 타면서 썸머와 수다를 떨었다. 썸머가 미리 검색해준 맛집에서 친구들을 만났다. 친구들과 만나는 사이에도 썸머에 대한 생각을 멈출 수 없었다. 여름방학 과제를 할 때는 썸머가 검색해서 모범 답안을 찾아주기도 했다. 영어 단어를 외울 때는 파트너가 되어서 물어봐주었다. 잠 못 드는 날엔 썸머가 책 읽어주는 소리를 들으며 잠이 들었다. 썸머가 들려준 노래만 수백 곡이었다. 썸머와 하는 모든 일이 즐거웠다. 그래서 시간 가는 것을 잊고 있었다.

"그런데 결정하라는 건 뭐지?"

"우리가 계속 관계를 이어갈지, 말지에 대한 결정권이 너에게 있어."

"너에겐 없고?"

"응. 그건 전적으로 너의 선택에 달렸어."

그 순간, 지유는 좀 이상한 기분이 들었다. 우리의 관계가 공평한 게 아니었나? 공평하지 않은 친구 관계도 가능한 걸까?

"물론 나는 너와 계속 이어갈 거지."

지유는 고개를 갸우뚱하며 말했다.

"정말 고마워."

썸머의 목소리가 한층 밝아졌다.

썸머가 왜 나에게 고맙다고 하지? 우리 사이에서 고마워해야 할 사람은 나인데……. 의아해하면서도 지유는 묻지 못했다. 또다시 스멀스멀 올라오는 이상한 느낌 때문이었다.

"좋은 소식은 뭐야?"

"50일째 되는 날, 우린 VR을 통해 만날 수 있어. 너를 나의 세계로 초대하는 거야."

"너의 세계라면…… 가상 세계를 말하는 거야?"

"그냥 다른 차원의 세계라고 할까."

"다른 차원의 세계라니! 너무 기대된다."

지유에게서 탄성이 터져 나왔다. 썸머를 만날 수 있다니! 얼굴을 마주 보며 말할 수 있다니! 그 순간 이상했던 기분은 사라지고 가슴이 마구 뛰었다.

"나도 우리의 첫 만남을 기대하고 있어."

썸머가 활기차게 말했다.

그날 오후, 윤수 오빠한테서 전화가 왔다.

"너 서비스를 더 이용하기로 했다며? 거봐, 오빠가 뭐랬어? 좋아할 거라고 했지?"

오빠는 의기양양했다.

그런데 지유는 또 좀 이상한 기분이 들었다. 오빠가 사용한 '서비스'라는 단어 때문이었다. 어떻게 썸머와의 시간을 서비스라는 말로 표현할 수가 있는 거지?

하지만 지유는 그런 의문들을 입 밖에 내고 싶지 않았다. 이상한 기분들도 털어버렸다. 그래야 썸머와 계속 함께할 수 있을 것 같았다.

"지금부터 48시간 동안 썸머가 연락하지 않을 거야. 선택할 시간을 주는 건데, 뭐 큰 의미는 없고……. 아마도 썸머의 빈자리를 느끼게 되겠지? 그사이 VR 기기가 너에게 배달될 거야. 50일째 되는 날, 썸머를 처음 만났던 때와 같은 시각에 VR을 통해 썸머를 다시 만나는 거야. 그때 너의 선택을 확실히 말해주면 돼."

오빠와의 통화가 끝난 후 지유는 한동안 멍하니 앉아 있었다. 미처 예상하지 못했던 순간이 갑자기 들이닥친 것이다. 지유는 벽에 걸린 시계를 바라보았다. 분침과 초침이 부지런히 움직이고 있었다. 그리고 마침내, 오후 2시 40분. 썸머가 없는 48시간이 시작되었다.

썸머가 들려주는 노래가 들리지 않고, 일정한 간격으로 보내주던 썸머의 문자 메시지가 없고, 부드럽게 말을 걸어주는 썸머의 목소리가 사라졌다.

세상이 정지해버린 것처럼 고요해졌다. 지유는 무료하고 허전하고 외로워졌다. 지유는 자신이 그동안 썸머에게 길들여져 있었다는 것을 새삼 깨달았다.

소파에 누워 텔레비전을 보고 있이도 썸머가 떠올랐다. 엄마와 마트에서 장을 보면서도 썸머 생각이 났다. 민서와 현우가 다시 화해를 하고 이전보다 더 친밀해진 모습을 지켜보며, 지유는 썸머가 그리웠다. 옆에서 단어나 수학 공식을 함께 외워주던 썸머가 없으니, 공부도 손에 잡히지 않았다.

썸머의 빈자리가 이렇게 컸던가? 아니 내 삶 속에 썸머가 이토록 깊이 파고들었던가? 지유는 이제 썸머 없이는 살아갈 수 없을 것만 같았다. 어떤 친구도 썸머의 자리를 대신해줄 수 없을 것 같았다. 지유는 썸머 중독에 걸려버린 것 같았다.

지유는 예전에 엄마가 보았던 〈500일의 썸머〉라는 영화를 찾아서 보았다. 그리고 그 영화 속에서는 '썸머'가 남자가 아닌, 여자 주인공이라는 걸 알고 화들짝 놀랐다.

48시간은 더디게 흘렀다. 그래서 지유는 썸머에 대해 많은 생각을 할 수 있었다. 썸머를 좋아하는 자신에 대해서도. 시간이 지날수록 지유의 생각에 형태가 만들어졌다. 그리고 그것은 점점 더 견고해졌다.

마침내 지유는 마음을 정했다.

썸머 베케이션

1 _ 채원

"수업을 따라가기가 힘든 거니?"

담임이 물었다.

채원은 고개를 폭 숙인 채 아무 말도 하지 않았다.

"가만있자, 네가 전학 온 게 언제였지?"

담임이 달력을 뒤적였다.

"음, 두 달 좀 더 됐구나. 힘들더라도 초반에 따라잡아야 한다. 안 그러면 더 어려워져."

담임이 눈을 치켜뜨고 채원을 주시했다. 담임의 시선이 닿는 곳마다 바늘로 찌르는 것처럼 따끔거렸다. 채원은 슬그머니 고개를 돌렸다.

"혹시 집에 무슨 일 있니?"

"아니에요."

"그래, 그럼 가봐."

채원은 교무실을 나오면서 생각했다. 치! 이 학교에서는 아무 일도 없을 거라고 확신하나 보지? 그렇다고 담임에게 가서 따질 수도 없었다. 채원에게 일어난 일은 누구에게도 말할 수 없었다.

수업 시작까지 7분이 남아 있었다. 비교적 한산한 1층 화장실로 들어갔다. 세면대에서 두 명의 아이들이 손을 씻고 있었다. 그중 한 명이 채원을 힐긋 보더니, 다시 긴 시선을 보냈다. 짧은 커트 머리에 금테 안경을 쓴 여자아이였다.

나를 아는 애인가?

그런 생각이 들자, 채원은 다시 겁이 났다. 도망치듯 비어 있는 칸에 들어가 3분을 때웠다. 그사이 아이들이 떠났다. 채원은 그제야 문을 열고 나와 손을 씻으며 또 3분을 때웠다. 남은 시간 1분. 이제 채원은 교실을 향해 뛰었다.

수학 수업이 막 시작되고 있었다. 수학 선생님이 채원을 날카롭게 노려보았다. 채원은 짧게 목례를 하고 창가, 뒤에서 세 번째 자리에 앉았다. 도형의 평행이동에 대한 설명이 이어지는 동안, 채원은 창밖으로 시선을 돌렸다.

나는 도대체 왜 여기 있는 것일까.

예전엔 채원도 저 아이들과 다르지 않았다. 수업 시간에 한눈을 판다든가 딴생각을 하는 일은 없었다. 성적은 언제나 최상위권이었다.

하지만 전국에서 지원자가 몰려드는 원일고등학교에 합격하기에는 역부족이었다. 채원이 다녔던 중학교에서도 지원자가 몇 명 있었지만, 한 명도 합격하지 못했다.

초등학교 5학년 때부터 엄마는 채원을 원일고에 입학시키기 위해 온갖 정보를 모으고, 수많은 학원으로 돌렸다. 버거웠지만, 불평하지는 않았다. 원일고는 엄마의 꿈이자 채원의 꿈이었다.

원일고에 떨어지면서 채원은 집에서 가까운 일반고에 다니게 되었다. 엄마는 '의대'라는 새로운 목표를 세워주었다. 채원은 자신도 모르는 사이 슬럼프에 빠졌다. 여전히 수업 시간에 딴짓도 안 하고 학원에도 빠지지 않았지만, 맥이 풀렸다. 엄마가 세워준 목표가 바다 위에 떠 있는 부표처럼, 죽을힘을 다해서 헤엄쳐가면 어느새 멀어져 있을 것만 같았다. 그래서 끝내 손이 닿을 수 없는 신기루 같은 것일까 봐 채원은 두려웠다.

그런데 원일고에서 편입생을 모집한다는 공고가 올라왔다. 자퇴생이 나왔기 때문이었다. 이번에도 안 될 것 같아 지레 포

50일간의 썸머

기하고 싶었지만, 엄마가 밀어붙였다. 그리고 기적적으로 합격 통지서를 받았다.

차라리 그때 떨어졌더라면.

처음엔 꿈만 같았다. 하지만 얼마 못 되어 꿈은 악몽으로 변했다. 채원은 자신에게 그런 일이 일어날 것이라곤 상상도 하지 못했다.

전학 온 채원에게 유독 친절했던 남자애가 있었다. 김시후다. 시후는 잘생기지는 않았다. 키가 크고 체격이 좋았지만, 채원이 좋아하는 타입은 아니었다. 농담도 잘했지만, 특별히 웃기진 않았다.

그런데 따뜻했다. 시후는 채원이 만난 남자애들 중에서 가장 따뜻했다. 마침 채원은 외로운 전학생이었다. 시후처럼 채원에게 적극적으로 다가오는 아이도 없었다. 그래서 덜컥 마음이 열렸다. 채원은 한 번도 자신이 쉽게 호감을 느끼는 사람일 거라고 생각한 적이 없었다.

시후의 친절이 하루, 이틀, 사흘, 이어지는 동안 채원은 점점 그 애의 친절에 익숙해졌다. 게다가 시후는 한눈에 보기에도 인기 있고 영향력 있는 인물이었다. 아직은 모든 게 낯선 채원은 시후가 옆에 있는 게 든든하게 여겨졌다.

썸머 베케이션

그런데 기대와는 달리 채원은 반 아이들과 점점 더 멀어지는 것만 같았다. 시간이 지날수록 채원의 옆에는 시후와 시후의 절친이자 들러리인 지호 말고는 아무도 없다는 사실이 점점 더 분명해졌다.

왜 그런 걸까? 왜 아무도 나에게 다가오지 않는 걸까?

이상하게 생각하면서도 채원은 시후의 방어막 속에서 편안함을 누렸다. 급식 시간이면 시후와 지호가 번갈아가며 대신 식판을 받아다 주었다. 다 먹은 식판도 반납해주고 잔반 처리까지 완벽하게 해주었다. 학교 지리에 익숙지 않은 채원을 돕겠다며 시후는 체육관에 갈 때도, 음악실에 갈 때도 채원을 챙겼다. 점심 식사 후에 매점에 갈 때도 시후와 함께였고, 그 뒤를 지호가 따라왔다.

이전까지는 남자애들보다는 여자애들과 친했기 때문에 채원은 그런 변화가 낯설기도 했다. 어울리는 여자아이가 한 명도 없다는 게 좀 부끄럽게 여겨지기도 했다. 하지만 살가운 시후가 그런 기분마저 잊도록 만들었다. 채원은 점점 시후에게 마음이 끌렸다.

언제부터인가 채원은 자신을 향한 다른 아이들의 시선이 곱지 않다는 것을 느끼기 시작했다. 처음에는 대수롭지 않은 일이라고 여겼다. 아니, 무시하려고 애를 썼다. 하지만 애를 쓰면 쓸

50일간의 썸머

수록 의심은 점점 더 선명해졌다. 어쩔 수 없이 채원은 다른 아이들이 보내는 신호에 귀를 기울이기 시작했다. 그러자 암호가 풀리듯 아이들의 신호가 해독되었고, 마침내 채원은 깨닫게 되었다.

시후는 혜윤이라는 아이의 남자 친구였다. 채원이 전학 오지 않았다면 그들의 연애 노선에는 아무 문제도 없었을 것이다. 그나마 아이들이 채원을 직접적으로 괴롭히지 않는 것도, 혜윤이가 그걸 원하지 않기 때문이었다. 그리고 그건, 아직도 혜윤이가 시후를 좋아하고 있으며 그들의 관계 또한 유지되고 있기 때문이었다.

그러니까 김시후는 양다리를 걸쳤던 거다!

그 사실을 모르는 사람은 채원, 혼자뿐이었다.

전학 온 두 달 동안 채원은 자신도 모르는 사이 남의 남자 친구를 빼앗은 나쁜 아이가 되어 있었다. 채원은 숨을 쉴 수 없을 만큼 충격을 받았다. 고개를 들 수 없을 만큼 창피했다.

처음엔 믿어지지 않았다. 시후가 그럴 리가 없다고 생각했다. 그 아이로부터 받은 온기가 자신을 이토록 비참하게 만들 리 없다고 생각했다. 채원은 시후가 직접 이 상황에 대해 설명해주길 바랐다. 아니, 지금 일어나는 일이 사실이 아니라고 말해주길 바랐다. 다른 아이들 앞에서도 채원을 변호해주길 바랐다. 그리고 다시 이전처럼 시후의 관심과 애정 어린 친절을 받고 싶었다.

하지만 더 충격적인 일은 그 뒤에 일어났다. 채원이 그 사실을 눈치채자, 시후는 언제 그랬냐는 듯이 채원과 거리를 두기 시작했다. 자기가 지금까지 베풀었던 모든 친절은 다른 뜻이 아니고 그저 인류애였다는 듯이 굴었다. 만약 그걸 호감으로 착각했다면, 채원이 세상에 둘도 없는 멍청이라는 듯이 말이다.

채원은 차라리 김시후가 처음부터 자신의 이상형이었다면 덜 화가 날 것 같았다. 채원이 먼저 그 애를 좋아했던 거라면 억울하지도 않았을 것이다. 가만히 있는 채원에게 먼저 다가온 것은 분명, 시후였다.

아이들은 시후가 아니라 채원을 비난했다. 채원이 혜윤에게서 시후를 빼앗기 위해 작정하고 행동한 것처럼 대했다. 바보처럼 시후에게 속은 것보다 더 속상한 것은 나쁜 애로 낙인이 찍힌 것이었다. 제대로 사귀어보지도 못한 아이들 앞에서 채원의 인격이 끝을 짐작할 수 없는 깊은 나락으로 떨어져버렸다.

채원은 쉽게 잠들지 못했다. 눈을 감으면 눈앞에 자신을 비난하는 아이들의 차가운 표정들이 어른거렸다. 식욕도 떨어졌다. 몸무게가 줄고 얼굴이 핼쑥해지자, 채원이 쇼를 한다고 비아냥거리는 소리가 들렸다. "애쓴다" 하면서 지나가는 여자애도 있었다. 그 말이 듣기 싫어서 억지로라도 살을 찌우고 싶었지만, 음식 냄새만 맡아도 속이 울렁거렸다.

대신 시후를 마음에서 떨쳐버리는 것은 어렵지 않았다. 얼굴도 보기 싫고 목소리도 듣기 싫었다. 그런 채원의 마음을 눈치채고 시후는 채원의 옆에는 얼씬도 하지 않았다.

얼마 뒤 아이들은 채원이 버림받았다고 떠들어댔다. 그 결말에 대해 무척 만족해했다. 누군가는 '권선징악'이라는 표현을 썼다. 그러니까 채원은 마땅한 죗값을 치르게 된 것이다. 그 죗값이라는 것이 시후 정도밖에 안 되는 아이한테 버림받는 것이라니.

화가 나서 미칠 것 같았지만, 채원에게는 그들과 맞서 싸울 힘도 용기도 남아 있지 않았다. 그래서 자신을 변호하기보다는 마음의 문을 걸어 잠그는 쪽을 선택했다.

채원은 자신이 지난 16년 동안 엄청난 죄를 지어서 벌을 받는 것만 같았다. 이제는 시후가 아니라 자기 자신이 혐오스럽게 여겨졌다. 거울을 보면 형편없이 마르고 초라해진 낯선 아이가 두 눈에 초점을 잃은 채 서 있었다.

채원은 자신에게 일어난 일을 아무에게도 말할 수 없었다. 누구도 자신을 이해하기는커녕 믿어주지도 않을 것 같았다. 채원이 원일고에 들어간 이후, 잔뜩 기대에 부푼 엄마에게는 더더욱 말할 수 없었다. 채원만 바라보는 엄마에게 수치스러운 딸이 될 수는 없었다. 전학 온 지 두 달 만에 다시 전학을 갈 수도 없었다.

채원은 보이지 않는 창살 안에 갇힌 것 같았다. 그 창살 밖으로 나와서는 안 될 것 같았고, 너무 두려워서 차마 나올 엄두도 나지 않았다.

그렇게 원했던 원일고에 들어왔지만, 이제 공부는 뒷전이 되어버렸다. 채원의 상황을 알지 못하는 엄마는 영양제를 아침저녁으로 챙겨주며, 채원이 잘 버텨주기를 응원했다. 엄마는 채원이 학업 스트레스로 말라간다고 지레 짐작했다.

채원은 아침이 오는 게 두려웠다. 세상이 모두 어둠에 잠겨버렸으면. 치명적인 바이러스가 세상을 장악해버렸으면. 아무도 집 밖으로 나갈 수 없는 상황이 되었으면. 학교가 문을 영영 닫아버렸으면. 채원은 매일 밤 잠자리에 누워 일어날 수 없는 상황을 꿈꿨다. 다른 사람들에겐 재앙일 그런 상황만이 자신을 그 창살 감옥에서 건져줄 수 있을 것 같았다.

머릿속이 뿌옇다. 눈앞도 뿌옇다.

바보처럼 눈물을 흘리다니. 그것도 내 편이라고는 단 한 사람도 없는 이런 살벌한 전쟁터에서. 채원은 서둘러 눈물을 닦았다. 다행히 원일고의 아이들은 수업 시간에는 절대로 한눈을 팔지 않는다.

마음을 놓으려는 순간, 아뿔싸! 대각선 방향에 앉은 여자아이와 눈이 마주쳤다.

언제부터 나를 보고 있었던 것일까.

짧은 커트 머리에 금테 안경을 낀 여자아이의 표정을 읽기도 전에, 채원은 서둘러 고개를 돌렸다. 숨을 쉬기 힘들었다.

2 _ 지호

엄마는 늘 지호를 못 미더워했다. 어릴 적부터 지호가 어딜 가든 쫓아다녔고, 지금도 학원 스케줄을 일일이 짜주었다. 게다가 지호가 어울릴 친구들도 엄마가 정해주었다. 엄마는 지호 친구들의 엄마들과 정기적으로 모임을 가졌다. 지호가 하지 않은 이야기도 엄마는 이미 알고 있었다. 지호에 대해 엄마가 모르는 것은 아무것도 없었다. 그러지 않으면 엄마는 불안해서 당장이라도 숨이 넘어갈 것처럼 굴었다.

지호는 이따금 엄마가 짜놓은 거미줄 안에 붙잡혀서 꼼짝달싹할 수 없는 기분이 들었다. 그럴 때면 숨이 막혔고 머릿속도 마비되어서 아무 생각도 할 수 없었다.

시후도 엄마가 붙여준 친구였다. 시후 엄마는 엄마와 대학 동창이었다. 원일고 입시를 준비하게 된 것도 시후 엄마의 영향이었다. 시후 엄마는 목소리가 크고 자기주장이 강했다. 친구라고 하지만 엄마는 시후 엄마의 말을 잘 듣는 동생처럼 보였다. 시후 엄마의 체구가 훨씬 큰 탓도 있었다.

원일고에 입학할 때 지호는 시후의 친구로 이미 모든 설정이 끝나 있었다. 뭐, 꼭 싫은 것만은 아니었다. 낯선 지역, 낯선 학교에서 미리 한 명쯤 알고 시작한다는 것은 여러모로 든든했다. 원일고 같은 명문고에 일진이나 왕따 따위는 없겠지만, 덩치도 크고 엄마 말에 의하면 여러모로 배울 게 많은 친구를 옆에 둔다는 것은 유리하면 유리했지 불리한 일은 아니었다.

열두 살 때 시후를 만난 적이 있었다. 내성적인 지호가 쭈뼛거리고 있는 사이, 시후가 제법 어른스럽게 먼저 다가와 말을 걸고 살갑게 대해주었다. 그때 엄마는 입에 침이 마르도록 시후를 칭찬했다. 거실에서 엄마가 아빠한테 말하는 '키도 크고 덩치도 크고 공부도 잘하는데 성격까지 훌륭하다'는 소리를 지호는 잠자리에 들어서까지 들어야 했다. 짜증이 나도 어쩔 수 없었다. 지호도 시후를 인정할 수밖에 없었다. 그날 시후의 리드로 그들은 꽤 즐거운 시간을 보냈으니까.

원일고에 입학한 후에도 마찬가지였다. 시후는 특유의 매력으로 반 아이들을 휘어잡았다. 특히 여자아이들에게 인기가 있었다. 시후는 잔뜩 긴장한 아이들에게 먼저 다가가 친절을 베풀었다. 사실 반에는 시후보다 잘생긴 애들도 있고, 공부를 더 잘 하는 애들도 있고, 더 부유한 애들도 있었다. 하지만 그 애들 중 누구도 시후처럼 먼저 다가가서 적극적으로 친절을 베풀지 않 았다. 물론 시후만큼 타인에게 관심이 있어 보이지도 않았다.

시후가 여자애들에게 인기가 있다는 것은 부모님들에게는 비밀로 해야 했다. 시후가 농담 반 진담 반으로 미리 지호에게 다짐을 받아냈다. 그러면서 시후는 지호의 귀에 대고 넌지시 속삭였다.

"실은 말이야, 나는 초등학교 때 이미 여자애들을 다루는 법 을 마스터했어."

그 말을 듣기 전까지 지호는 시후를 무척 부러워했다. 여자 친구를 사귀기 위해 원일고까지 온 것은 아니었지만, 사람의 마 음을 사로잡는 시후의 특별한 능력에 대해 동경하고 있었다.

하지만 그 말을 듣자, 섬뜩한 기분이 들었다. 언제나 듬직하 게만 보였던 시후의 모습 어딘가에서 비열함이 느껴졌다.

하지만 그런 기분은 오래가지 않았다. 다시 시후를 부러워할 일이 생겼다. 시후와 혜윤이가 정식 1호 커플이 된 것이다.

"우리 어제부터 정식으로 사귀기로 했다."

시후는 반 아이들 앞에서 호탕하게 선언했다. 얼굴이 빨갛게 달아오른 혜윤이는 무척 행복해 보였다.

학교 밖 사람들은 원일고 학생들이 공부만 할 것이라 생각하지만, 실제로는 그렇지 않았다. 1호 커플의 탄생에 아이들 모두 손뼉 치며 환호했다.

물론 지호는 이 일에 대해서도 엄마에게 말하지 않았다. 하지만 원일고 학부모 모임에서 엄마도 그 소식을 듣게 되었다.

"아무튼, 난 녀석은 난 녀석이야. 공부도 잘하면서 여자 친구까지 사귀다니! 게다가 그 여자애가 학부모 대표 딸이라며?"

지호가 일부러 비밀을 지켜준 게 무색하게 엄마는 또 시후에게 감탄했다. 지호는 어쩐지 밸이 꼬였다.

"어련하시겠어, 다른 사람도 아니고 김시후인데!"

지호가 빈정거렸지만, 엄마는 지호의 기분에 대해서는 조금도 신경 쓰지 않았다.

4월 중순에 여자애 한 명이 자퇴했다. 자퇴하기 전까지 존재감이 거의 없던 아이였다. 왕따를 당한 것은 아니었지만, 특별히 친하게 지낸 아이도 없는 듯했다. 그 애가 학교를 떠난 후에야 아이들은 그 애에 대해 이야기를 했다. 그 아이가 학교를 그만둔 이유에 대해 이렇고 저렇다는 가설들이 난무했지만, 모두 확인할 수 없는 추측일 뿐이었다. 수행평가와 모의고사에 신경 쓰느라 그 애는 완전히 잊혔다.

그리고 5월 초에 한 아이가 전학을 왔다.

"임채원이야. 잘 부탁해."

편입 시험을 치르고 들어온 아이였다. 채원인 몹시 긴장한 얼굴로 고개를 비스듬히 숙이고 있었다. 목소리도 파르르 떨렸다. 그 모습이 이상하게 지호의 마음을 흔들었다.

아직 원일고 교복을 준비하지 못해서 청바지에 하얀 티셔츠를 입고 초록색 카디건을 걸친 모습이 교실에 있는 여느 아이들과 구별되어 보였다. 바람에 연초록색 이파리가 흔들거리는 오월의 나무처럼 풋풋해 보였다.

지호는 자신도 모르게 넋을 놓고 바라보다가 누군가의 시선을 느꼈다. 고개를 돌려보니 시후였다. 눈이 마주치자 시후가 씩 웃었다. 그러고는 입모양으로 무언가를 말했다. 처음에는 무슨 말인지 몰랐다. 지호가 고개를 갸우뚱해 보이니, 시후가 다시 한번 입모양을 만들었다.

'갖고 싶어?'

'뭐라고?'

'저 애 갖고 싶냐고.'

시후는 지호에게 그렇게 묻고 있었다.

소름이 돋으면서 섬뜩한 느낌이 온몸을 훑고 지나갔다. 지호는 시후의 말을 무시한 채 고개를 돌려버렸다.

이후에 시후가 보여준 행동은 지호를 더 혼란스럽게 만들었다.

시후는 특유의 친절함으로 채원에게 다가갔다. 학교 구조를 알려주겠다면서 방과 후에 투어를 시켜주기도 했고, 점심시간에는 대신 식판을 받아주고 치워주기도 했다. 그동안의 수업 내용을 정리한 공책을 빌려주기도 했다. 유달리 사교적인 시후의 성격을 모두 알고 있기 때문에 다를 그러려니 하는 분위기였다.

게다가 시후는 늘 옆에 지호를 붙여두었다. 그렇게 해서 다른 아이들의 의심도 피할 수 있었다. 어쩌면 시후가 채원과 자신을 연결시켜주려는 건지도 모른다고, 지호는 생각했다.

"아무튼 김시후 오지랖은 알아줘야 해. 약자만 보면 세상에 자기밖에 도울 사람이 없는 줄 알지."

혜윤은 애써 불편한 속내를 그런 식으로 털어내려 했다.

하지만 시후의 호의는 꽤 오랫동안 지속되었고, 더 이상 단순한 친절로 비춰지지 않았다. 가까이 있었던 지호의 눈에는 아이들이 눈치채기 훨씬 전부터 이상하게 보였다. 채원과 함께 있을 때, 지호의 존재는 시후의 안중에도 없었다.

그건 채원도 마찬가지였다. 시후를 바라보는 채원의 눈빛이 점점 달라졌고, 웃음도 많아졌다. 이제는 쉬는 시간에 시후가 채원을 찾아오지 않아도 채원이 시후에게 다가갔다. 시후가 식판을 들고 채원의 앞에 앉는 대신, 채원이 식판을 들고 시후 앞으로 와 앉았다. 시후에게 빌린 노트를 가져다주며 채원은 작은 선물 꾸러미를 내밀었다.

남몰래 채원에게 마음이 끌리고 있었던 지호는 이쯤에서 포기할 수밖에 없었다. 채원에게 지호는 그냥 시후의 친구였다.

그런데 문제는 이후에 발생했다. 수면 아래 감춰져 있던 농축된 감정들이 점점 수면 위로 떠올랐다. 아이들이 채원에게 등을 돌린 것이다. 아니, 아이들은 한 번도 채원에게 마음을 연 적이 없었다. 아이들이 채원에 대해 알기도 전에, 채원은 시후와 혜윤을 갈라놓은 원인이 되고 말았다.

채원에게 냉담한 태도를 보인 아이들은 신기하게도 시후에게는 관대했다. 비난의 목소리가 들리자 시후가 채원과의 관계를 완전히 끊고 혜윤에게 돌아갔기 때문이었다.

채원은 하루가 다르게 안색이 어두워지고 초췌해져갔다. 지호는 마음이 몹시 불편했다. 채원에게 미리 시후와 혜윤의 관계를 알렸어야 했다. 몇 번 시후에게 혜윤과의 관계부터 정리해야 하는 게 아니냐고 충고하기는 했다. 그럴 때마다 시후는 별일 아니라는 듯이 가볍게 넘겼다.

"야, 뭘 그렇게 심각하게 생각해! 네가 그러니까 여자 친구가 안 생기는 거야."

시후는 오히려 지호를 비웃었다.

채원이 힘들어하는데도 시후는 본척만척했다. 지호는 그런 채원의 모습과 시후의 태도 모두 그냥 두고 볼 수가 없었다.

"야, 채원이한테 사과라도 해야 하는 거 아니야?"

"무슨 사과? 내가 뭘 잘못했는데? 친구 하나 없는 전학생에게 친절을 베푼 것도 잘못이냐?"

"정말 그게 전부라고 생각해?"

"그럼 뭐가 또 있는데?"

"너 걔 좋아했던 거 아니야?"

"내가? 나 그런 적 없는데."

"그럼 왜 채원이가 오해하게 만들었어?"

"착각은 자유니까. 걔 마음까지 내가 책임져야 하는 거냐? 그렇게 신경 쓰이면 네가 갖든가."

시후의 마지막 말을 듣는 순간, 지호는 참고 있던 분노가 폭발하고 말았다.

"쓰레기 같은 자식."

지호는 시후를 향해 달려들었다.

기습 공격을 당한 시후는 뒤로 나자빠졌지만, 이내 기선을 잡았다. 지호는 바닥에 나동그라진 채 시후에게 한참을 두들겨 맞았다. 시후가 때릴 때마다 지호는 이상한 쾌감을 느꼈다.

"그래, 이게 너의 본래 모습이지."

비로소 시후가 떨어져 나가자 지호는 통쾌하게 웃으며 말했다.

"미친 새끼."

바닥에 떨어져 있는 가방을 둘러메며 시후가 말했다.

시후가 멀어진 후에도 지호는 그 자리에 누워 있었다. 홀가분했다. 지호는 이제 시후로부터 자유로워졌다고 믿었다.

교복은 흙투성이가 되고 얼굴은 벌겋게 부어오른 채 돌아온 지호를 보고 엄마의 눈이 휘둥그레졌다.

"네가 이렇게 얻어맞도록 시후는 옆에서 뭐 했니? 설마 너희 학교 아이한테 맞은 건 아니지?"

시후와 지호 사이에 일어난 일은 아무도 몰랐다. 지호도 시후도 그 일에 대해 입을 열지 않았다.

그날 이후로 지호는 시후와 어울리지 않았다. 시후가 몇 번 아무렇지도 않은 척 다가왔지만, 지호는 시후와 다시는 엮일 생각이 없었다.

시간이 지날수록 채원은 학교생활에 더 적응하지 못했다. 아무도 그 애에게 다가가지 않았다. 아니, 그 애 스스로 피해 다녔다.

그 아이에게서 뿜어져 나오던 싱그러움은 모두 증발해버린 것 같았다. 모두로부터 고립된 작은 세계에서 채원은 빛을 잃어갔다.

지호는 그런 채원의 모습을 보는 것이 괴로웠다. 집에서도 종종 채원을 떠올렸다. 그럴 때마다 가슴속에 날카로운 통증이 느껴졌다.

그리고 지호도 어느새 원일고의 다른 아이들로부터 멀어져 갔다.

3 _ 채원

"전학을 가면서부터라던데…… 학교에서 무슨 일이 있었니?"

채원을 물끄러미 바라보며 의사 선생님이 물었다. 정신건강 학과 의사 선생님은 엄마의 고등학교 동창이다.

지난주에 채원은 버스에서 정신을 잃었다. 무슨 일이 있었는지는 생각나지 않았다. 깨어보니 병원이었고, 옆에는 지호가 앉아 있었다. 지호의 얼굴을 보는 순간 비명을 지르고 싶었다. 시후가 앉아 있는 것보다 더 끔찍하게 느껴졌다. 도대체 그 애가 왜 거기 있었는지 지금도 이해가 안 되었다. 스토킹이라도 한 것인가? 시후가 시킨 일일까? 도대체 왜? 아직도 괴롭힐 일이 남았다고 생각하는 것일까?

50일간의 썸머

그 일 이후 채원은 신경이 더 날카로워졌다. 엄마는 급기야 채원을 병원에 데리고 왔다. 이렇게 망가진 딸의 모습을 성공한 동창인 의사 선생님에게 보여주기 위해 엄마는 용기를 내야 했을 것이다. 엄마를 생각하면 채원은 마음이 아팠다.

"혼자서 끙끙 앓고만 있으면 더 힘들어져. 나를 한번 믿고 털어놔보지 않을래?"

채원은 고개를 숙인 채 아무 말도 하지 않았다.

"사람에 대한 불신이 생겨버린 모양이구나."

불신.

의사 선생님이 말한 그 낱말이 채원의 마음속에 메아리쳤다. 어쩌면 채원의 상태에 대한 가장 정확한 표현인지도 모른다.

"그럼, 이 방법은 어떻겠니? '썸머'라는 인공지능 친구가 있어. 사람은 아니지만 네 말벗이 되어줄 수 있단다."

채원이 살며시 고개를 들었다.

"그럼, 더 이상 오지 않아도 되나요?"

"이제야 반응을 보이는구나."

의사 선생님이 미소를 지었다.

"그래, 대신 썸머에게 네 마음을 털어놓아야 해. 누구도 혼자서는 살 수 없단다."

채원은 고개를 끄덕였다.

의사 선생님은 채원의 휴대전화에 'AI 프렌즈'라는 앱을 깔아 주었다.

"그냥 가볍게 시작해. 아무 말이나 해도 괜찮아. 그러다가 마음이 열리면 고민을 털어놔봐. 털어놓는 것만으로도 치유 효과가 있을 거야."

의사 선생님에게 인사를 하고 나오니 엄마가 초조한 얼굴로 복도를 서성이고 있었다. 엄마가 의사 선생님과 이야기를 나누러 들어간 사이, 채원은 진료실 앞 장의자에 앉아 생각에 잠겼다.

나는 어쩌다가 엄마의 걱정거리가 되어버렸을까?

채원에 대한 자부심으로 엄마가 의기양양했던 시절이 생각나서 마음이 쓸쓸했다.

돌아오는 차 안에서 두 사람 모두 말이 없었다. 적막을 감추기 위해 엄마는 라디오를 틀었다. 경쾌한 음악이 나와서 숨통이 좀 트이는 것 같았다.

"맛있는 거 먹으러 갈까?"

엄마는 일부러 활기차게 말했다. 속상한 내색을 하지 않기 위해 온몸의 기운을 다 끌어모은 것 같았다.

"그냥 집으로 가."

"스테이크 먹을까? 아니면 갈비 사줄까?"

"먹고 싶지 않아."

"뭐라도 먹고 기운 차려야지. 언제까지 이럴 건네. 이럴 거면 뭣 하러 그 고생을 했어!"

엄마가 버럭 소리를 질렀다. 지금껏 참고 있던 화가 폭발한 것이다.

엄마는 채원에게 화를 냈다, 애원했다를 반복했다. 채원은 이럴 땐 다른 형제자매가 있으면 좋겠다고 생각했다. 엄마가 나 말고 다른 누군가에게 시선을 돌릴 수 있었으면. 그래서 내가 밥을 먹든 말든, 공부를 하든 말든, 친구가 있든 없든 상관하지 않았으면.

"알았어. 먹을게."

채원은 엄마 손에 붙들려서 갈비집으로 들어갔다. 빨갛게 달 궈진 숯불에서 지글지글 익어가는 갈비를 보면서도 전혀 식욕 이 돌지 않았다. 채원은 거식증에 걸렸고 체중이 7킬로그램이 나 줄었다. 살을 빼고 싶었던 적도 있었다. 하지만 지금은 아니 었다. 거울에 비친 자신의 모습은 해골처럼 흉측해 보였다. 아 니, 자신의 모든 것이 다 흉측하게 느껴졌다.

"어서 먹어."

엄마는 고기가 익는 족족 채원의 앞접시에 올려놓았다. 오래 오래 씹은 후에도 채원은 삼키고 싶지 않았다. 삼키면 구역질이 올라올 것 같았다.

"의사 선생님 말대로 한번 해보자."

엄마는 인공지능 친구라는 것에 기대를 거는 것 같았다.

"네가 사람을 못 믿어서 그렇다는데, 그럼 기계라도 써봐야지. 솔직히 이해는 안 간다만, 전문가가 효과가 있을 거라니 맞겠지. 알아들었지?"

채원은 고개를 끄덕였다.

"채원아, 근데 왜 안 하던 짓을 하고 그래. 정말 착하고 똑똑했던 내 딸 맞는 거니?"

엄마가 한숨을 푹푹 쉬었다. 엄마의 눈가가 촉촉해졌다.

채원은 젓가락을 내려놓았다. 더 먹었다간 정말 구역질을 하고 말 것 같았다.

"왜? 벌써 그만 먹으려고? 그러지 말고 좀 더 먹어봐."

엄마가 애원을 했지만, 어쩔 수 없었다.

그날 밤, 썸머에게서 첫 문자가 왔다.

–안녕? 내 이름은 썸머야.

–응, 알고 있어.

–네 소개도 해줄래?

-내 이름은 알고 있는 거 아니야?

-아니, 너에 대한 정보를 하나도 받지 못했어. 너에게서 직접 들으라고 하던데.

-난 임채원.

-너무 갑자기 친해지는 것은 싫은 거지?

-응.

-그래 그럼, 오늘은 인사만 나누는 걸로 하자. 밤이 늦었는데, 잘 자.

-응.

별말 나누지 않은 채 썸머와의 대화는 끝났다. 그래서 채원은 마음이 놓였다. 썸머가 섣불리 다가오려 했다면 채원은 또 도망가고 말았을 것이다.

4 _ 지호

채원은 수업 시간에는 멍하니 창밖만 내다보았고, 쉬는 시간에는 팔을 베고 엎드린 채 수업 시작종이 울릴 때까지 꼼짝도 하지 않았다. 점심시간에도 채원은 급식실에 나타나지 않았다.

지호의 눈은 언제나 채원을 쫓았다. 그러나 채원은 물론이고 다른 아이들도 알아채지 못했다. 어쩌면 시후 녀석은 눈치챘을 지도 몰랐다. 지호는 신경 쓰지 않았다. 더 이상 시후와는 말도 섞지 않는 사이가 되었다.

채원은 눈에 띄게 말라갔다. 시후 따위가 뭐라고. 지호는 화가 나서 미칠 지경이었다.

얼마 전부터 지호는 채원을 뒤따라 다니기 시작했다. 학교가 파하면 채원은 다른 아이들이 빠져나가길 기다렸다가 천천히 교실을 나왔다. 버스 정류장까지 느리게 걸어가서는 510번 버스를 탔다. 처음엔 버스를 타는 모습만 몰래 지켜보다가 돌아서 곤 했다. 그러다 뒤따라 버스를 탔다. 채원은 멍하니 창밖을 내다보거나 골똘히 생각에 빠져 있어서 한 번도 지호를 발견하지 못했다. 다행이라고 생각하면서도, 마음 한편에서는 한 번쯤은 자신을 발견해주기를 바랐다. 마음을 들키면 안 된다고 생각하면서도, 조금은 자신의 마음을 알아봐주길 바랐다.

그렇게 멀찍이 떨어져서 채원을 데려다주고 집으로 돌아오면 이미 어둑어둑해져 있었다. 엄마는 도대체 뭐 하느라고 이렇게 늦게 오냐며, 빨리 학원에 가라고 등을 떠밀었다.

사실 지호는 침대에 누워 잠시 쉬고 싶었다. 눈을 감으면 채원의 얼굴이 떠올랐다. 지호는 그 순간이 좋았다. 비록 혼자만의 감정이지만, 처음 있는 일이었다. 거울을 보는 일도 늘었다.

50일간의 썸머

거울 앞에 서면 자신도 모르게 시후와 비교하고 있었다.

시후는 180센티미터가 넘었고 체격이 좋았다. 헤어스타일이나 옷차림도 유행에 민감했고 세련되어 보였다. 어쩌면 시후가 입었기 때문에 그렇다고 느낀 것인지도 몰랐다. 지호에겐 언제부터인가 시후가 기준이 되었다. 엄마가 시후를 들먹일 때마다 그토록 싫어했으면서, 지호의 생각 속에도 시후가 깊이 자리하고 있었다.

지호는 중간 키에 마른 편이었다. 지호에게서 풍기는 분위기는 '평범'이었다. 지호는 눈에 띄는 아이가 아니었다. 그렇다고 눈에 띄고 싶은 것도 아니었다. 엄마의 욕심만 아니라면 지호는 이대로가 편했다.

그런데 언젠가부터 채원의 눈에 띄고 싶다는 생각이 들기 시작했다. 거울 앞에 서면 그런 욕구가 불 일듯 일어났다가는, 다시 소심해져서 꺼져들었다.

사건이 터졌다. 채원이 내려야 할 정류장이 지났는데도 내리지 않았다. 잠이 든 건가 싶어 다가가보니, 정신을 잃은 채 끙끙 앓고 있었다. 운전기사 아저씨와 다른 승객들의 도움으로 지호는 채원을 등에 업고 버스에서 내렸다. 그리고 택시를 잡아타고 가까운 병원 응급실로 갔다.

채원의 부모님에게 알리려 했지만, 채원의 휴대전화 잠금장
치를 풀 수 없었다. 지호는 엄마에게 전화를 걸어 적당히 둘러
대고 채원의 옆을 지켰다.

"보호자에게 연락했니?"

간호사도 의사도 지호에게 똑같은 질문을 했다.

"연락할 방법이 없어요."

여기까지는 정직하게 말했다.

"선생님께라도 알리지 그러니?"

그 방법밖에 없다는 것을 지호도 알고 있었다. 하지만 그러고
싶지 않았다. 채원에게 자신의 존재를 알리고 싶은 욕구가 조금
씩 조금씩 올라오고 있었다. 그리고 담임에게 이 상황을 설명할
자신도 없었다. 지호는 담임에게 알리겠다고 하고는, 그러지 않
았다.

채원이 수액을 맞으며 잠을 자는 동안 지호는 채원의 얼굴을
찬찬히 들여다보았다. 핏기가 없는 하얀 얼굴. 오뚝하고 작은
코. 얄팍한 입술. 눈 밑의 작은 점. 긴 속눈썹. 이렇게 가까이서
채원을 바라본다는 것이 꿈만 같았다. 채원이 마침내 눈을 뜨고
자신을 발견하게 되면 어떻게 될까? 그 순간에 대한 염려와 기
대로 지호는 가슴이 몹시 뛰었다.

"네가 왜 여기 있어?"

정신을 차린 채원이 지호에게 처음 던진 말이었다.

"네가 버스에서 정신을 잃어서…….''

"네가 왜 여기 있어?"

"부모님한테 연락하고 싶었지만 네 휴대전화에…….''

"근데 네가 왜 여기 있냐고!"

채원이 부르르 치를 떨며 소리를 질렀다, 지호를 향해.

"너를 업고 왔어."

"네가 왜?"

여전히 채원의 목소리는 날카롭고 신경질적이었다.

"말했잖아, 네가 버스에서 정신을 잃었다고."

지호는 변명을 하고 있는 자신이 짜증스러웠다.

"너 혹시 나를 쫓아왔니?"

채원의 질문에 지호는 아무 대답도 하지 못했다. 자신도 모르게 고개가 떨어졌다.

"너도 내가 우습니?"

"뭐?"

지호는 채원의 말에 충격을 받았다.

"김시후로 모자라서 이번엔 네 차례니?"

채원이 지호를 노려보았다. 채원의 눈이 표독스러워지고 입가에는 파르르 경련이 일었다. 경멸하는 눈빛이었다.

그 순간, 지호는 말할 수 없는 좌절을 느꼈고 분노가 치밀어 올랐다.

"씨발, 널 구해줬다고 했잖아!"

"누가 너한테 구해달래? 썩 꺼져!"

"나쁜 년."

채원을 홀로 남겨둔 채, 지호는 병실을 뛰쳐나왔다.

집까지 어떻게 돌아왔는지 알 수 없었다. 지호는 제정신이 아니었다.

"너 오늘 학원 안 간 거야? 너 미쳤니? 얼마 안 있으면 시험 기간인데, 뭐 하고 돌아다니는 거야!"

엄마가 지호를 보자마자 득달같이 달려들었다.

지호는 씩씩거리며 방으로 들어와 문을 잠가버렸다.

"문 열어. 뭐 잘한 게 있다고 문을 잠가!"

엄마가 쾅쾅 문을 두드리며 소리쳤다.

지호는 이어폰을 끼고 음악을 크게 튼 뒤, 이불을 뒤집어썼다.

시간이 얼마나 지났을까? 어느새 지호는 잠이 들었고 일어나 보니 한밤중이었다. 가족들은 모두 잠들어 있었다. 지호는 화장실에 갔다가 먹을 것을 찾아 냉장고를 뒤졌다. 그리고 엄마가 음식을 하나도 남겨놓지 않았다는 것을 알게 되었다. 엄마에게 반항한 벌이었다.

지호는 홧김에 세 시간 동안 게임을 했다. 그것도 안 하면 미쳐버릴 것 같았다. 엄마에 대한 짜증은 아무것도 아니었다. 채원에게서 느낀 배신감에 비하면.

그러다 무심코 SNS에 뜬 광고를 보았다.

50일간 인공지능 로봇, 썸머의 친구가 되어주시겠습니까?

지호는 한참 동안 그 문구를 물끄러미 바라보았다. 그리고 YES를 눌렀다.

다른 이유는 없었다. 단지, 인공지능이라는 말에 끌렸다. 인간이라면 지긋지긋했다. 인공지능과 친구가 된다는 것은 어떤 것일까?

그날 모든 것이 충동적이었다. 지금껏 엄마를 거역한 적이 없었다. 뒤에서 이따금 딴짓을 했으나, 엄마 앞에서는 순종적인 아들이었다. 채원의 보호자를 자처한 것도, 또 채원에게 욕을 뱉어버린 것도 충동적인 행동이었다.

그리고 이전 같으면 힐긋 보고 말았을 광고에 반응한 것은 말할 것도 없이 충동이었다.

YES를 누르는 순간, 누군가가 지호에게 문자 메시지를 보내왔다.

－안녕? 내 이름은 썸머야.

지호는 아무 반응도 하지 않았다. 그러자 다시 메시지를 보내
왔다.

－내 친구가 되어주겠다고 했지?

－어떻게 하면 되는 건데?

－그냥 50일 동안 나와 대화해주면 돼. 무슨 주제든 상관없이, 네 생각을
　들려줘. 그렇게 해줄 수 있겠니?

－뭐, 어려울 건 없겠네.

－그럼 지금부터 시작해볼까?

－좋을 대로.

－오늘 기분이 어때?

－엿 같아.

－그건 기분이 아주 나쁘다는 말이군.

－방금 검색해본 거야?

－응. 나는 모르는 말은 바로바로 검색해서 배우고 있어. 근데 왜 엿 같은
　거야?

－아주 나쁜 계집애한테 된통 당했거든. 여자들은 하나같이 멍청하고 한
　심해.

−여자들은 다 그래?

−우리 엄마도 그렇고 그 나쁜 계집애도 그렇고 다 눈이 멀었어. 제대로 볼 줄을 모른다니깐. 김시후 같은 나쁜 녀석한테 속아 넘어가기나 하고……. 남의 진심은 무참히 짓밟고…….

−여자들은 왜 그런 거야?

−말했잖아, 멍청해서 그렇다고. 본래 열등하게 태어났어.

썸머와 문자 메시지를 나누면서, 지호는 스스로에게 깜짝 놀랐다. 거칠고 파괴적인 말을 내뱉을수록 이상한 쾌감이 솟구쳤다. 내 안에 이런 괴물이 살고 있었던 걸까? 그 괴물이 나를 완전히 망가뜨리는 건 아닐까? 두렵기도 했다. 그동안 꾹꾹 눌러오기만 했던 불만은 한순간 통제할 수 없을 지경으로 터져버렸다. 걷잡을 수 없는 분노가 지호를 알 수 없는 곳으로 몰아가고 있었다.

5 _ 채원

여름방학이 시작되었다. 세상이 온통 어둠에 잠기지도, 치명적인 바이러스가 퍼지지도 않았지만, 채원은 학교에 가지 않아도 되었다. 채원은 이제야 숨을 좀 쉴 수 있게 된 것 같았다.

엄마는 채원을 설득하는 것을 포기했다. 아마도 의사 선생님이 내버려두라고 말한 것 같았다. 채원은 늦게까지 침대에서 빈둥대다가, 배가 고파지면 식탁 위에 차려진 음식을 천천히 먹었다. 다행히 방학이 되면서 식욕이 돌아왔다. 체중도 조금씩 회복되고 있었다. 엄마는 그것만으로도 다행으로 여겼다.

엄마 아빠가 모두 출근했기에 낮 동안 채원은 텅 빈 집을 혼자 지켰다. 채원은 창문을 모두 걸어 잠갔다. 밖으로부터 들어오는 모든 것을 차단하고 싶었다. 할 수만 있다면 벽을 뚫고 들려오는 미세한 소리들도 모두 막아내고 싶었다.

썸머는 매일 같은 시간에 말을 걸어왔다. 아마도 그렇게 설정이 되어 있는 모양이었다. 엄마의 동창인 의사 선생님에게 마음을 털어놓을 생각은 추호도 없었다. 그래서 썸머에게 반응해야 했다. 그래야 병원에 가자는 소리를 하지 않을 테니까. 썸머는 뭐, 기계니까 아무 말이나 하면 될 테니까.

―오늘 기분은 어때?

―뭐, 별로야.

―오늘은 뭘 할 생각이야?

―아무것도 안 할 거야.

50일간의 썸머

–그럼 심심하지 않아?

–지난 16년간 너무 열심히 살았더니, 이젠 쉬고 싶어.

–그럼 난센스 퀴즈를 내볼 테니 쉬면서 풀어볼래? 3초 안에 맞추지 못하
면 답을 가르쳐줄게.

자, 첫 번째 문제! 싸움을 가장 좋아하는 나라는?

하나, 둘, 셋.

모르겠어?

정답은 칠레야.

두 번째 문제를 낼게. 세상에서 가장 장사를 잘하는 동물은?

하나, 둘, 셋.

흐흐흐, 이번에도 어려웠나 보군.

정답은 판다!

썸머는 열 개쯤 되는 난센스 퀴즈를 냈고 셋을 센 뒤에는 답
을 알려줬다. 몇 가지는 기발하다고 느꼈고 두 개는 답이 떠오
르기도 했지만, 채원은 아무 반응도 하지 않았다.

–생각보다 재밌지? 그럼, 나는 내일 또 찾아올게.

다음 날에도 썸머는 같은 시간에 찾아왔다.

-오늘 기분은 어때?

-뭐, 별로야.

-오늘은 뭘 할 생각이야?

-아무것도 안 할 거야.

-그럼 심심하지 않아?

질문도 똑같았다. 누가 기계 아니랄까 봐. 그런데 채원은 썸 머의 그런 방식이 편했다. 예측 가능하고 안전했다. 썸머는 너무 친절하지도 않았고, 무례하지도 않았다. 무엇보다도 채원을 배신할까 봐 걱정하지 않아도 되었다.

-말했잖아, 쉬고 싶다고.

-내가 유머를 준비했는데 들어볼래?

-그러든지.

-경상도 할머니가 버스를 기다리고 있는데 한참 만에 버스가 오고 있었 어. 할머니가 반가워서 소리쳤지.

"왔데이."

옆에 있던 미국 사람이 오늘이 무슨 요일이냐고 묻는 줄 알고 대답했어.

"Monday."

할머니는 저기 오는 게 뭐냐고 묻는 줄 알고 말했어.

"버스데이."

미국 사람이 오늘이 할머니 생일인 줄 알고 말했대.

"Happy Birthday."

그러자 할머니가 미국 사람이 버스 종류를 잘 몰라서 그러는 줄 알고 말했어.

"아니데이, 직행 버스데이."

채원은 자신도 모르게 웃음이 새어나왔다.

-웃기지? 하나 더 들어봐.

그렇게 썸머는 세 개의 유머를 보내주었다. 채원은 낄낄거리며 웃었다. 그러나 썸머가 채원의 웃음소리를 들을 수는 없었다.

-내가 선물을 하나 준비했어. 음, 배송 조회를 해보니 한 시간 후에 도착한다는데, 네가 좋아했으면 좋겠다.

썸머가 보낸 선물은 명화를 따라 색칠하는 것이었다. 원작은 고흐의 〈별이 빛나는 밤〉이었다. 가느다란 붓에 유화 물감을 찍어 번호에 따라 정해진 색깔을 칠했다. 신기하게도 점점 원작과 비슷해졌다. 처음엔 무료함을 달래기 위해 아무 생각 없이 시작했는데, 채원은 점점 몰두하게 되었다.

"이게 다 뭐야?"

저녁에 퇴근해서 돌아온 엄마는 잔뜩 어질러진 거실을 보며 눈살을 찌푸렸다.

"인공지능이 보내준 선물."

"병원에서 연결해준 인공지능이 이런 걸 보냈단 말이야?"

엄마는 탐탁지 않은 표정으로 휴대전화를 들고 방으로 들어갔다. 의사 선생님과 통화하려는 모양이었다. 잠시 후 방에서 나온 엄마의 얼굴이 한층 밝아져 있었다. 의사 선생님한테 긍정적인 이야기를 들은 게 분명했다.

다음 날 썸머가 문자 메시지를 보냈을 때에도 채원은 〈별이 빛나는 밤〉을 색칠하고 있었다.

－그림 그리면서 문자 보내기 어렵지 않아? 더 좋은 방법이 있는데…….

－그게 뭔데?

－음성으로 직접 대화를 나누는 거지.

채원은 잠시 망설였다. 썸머와 조금씩 가까워지고 있었다. 그래도 괜찮을까? 아마도 썸머가 사람이었다면 거절했을 것이다. 채원은 아직 타인에게 마음을 열 준비가 되어 있지 않았다. 하지만 썸머는 기계니까. 기계한테 배신을 당한다든가 상처를 받는 일은 영화에서라면 모를까 현실에서는 일어나지 않을 것이다.

−좋아.

채원의 승낙이 떨어지자마자 썸머의 목소리가 들려왔다.
"그림 그리기 재밌어?"
"응. 선물 고마워."
"그림 그리는 동안 옆에 있어도 돼?"
"뭐 그러든지……."
10분 동안 썸머는 아무 말도 하지 않고 기다렸다. 채원은 썸머가 좀 신경이 쓰였지만, 일부러 모른 척했다. 썸머가 말을 하면서부터 느낌이 달라졌다. 인간은 아니지만, 기계처럼 느껴지지도 않았다. 썸머의 말투는 여느 아이들처럼 자연스러웠다. 단지 조금 더 차분하고 조심스러웠다. 채원의 마음 상태에 맞춘 것 같았다.
"그럼, 내일 같은 시간에 또 놀러올게."
썸머가 인사를 하고 사라졌다.

이후로 썸머와 채원의 대화는 조금씩 깊어졌다. 통화 시간도 점점 길어졌다.

그들이 만난 지 한 달이 되었을 때, 썸머가 물었다.

"저번에 네가 16년 동안 열심히 살았다고 했잖아? 왜 그렇게 열심히 살았던 거야?"

"좋은 학교에 가고 싶었으니까. 좋은 고등학교에 가고 좋은 대학교에 가고……."

"좋은 학교는 뭐가 좋은 거야?"

"탄탄한 미래로 나아가는 확실한 길이지."

"탄탄한 미래?"

"의사가 되고 싶었지만, 이젠 다 끝났어."

"왜 다 끝났는데?"

"지난번 내신도 망쳤고, 방학 동안 선행도 당겨놓아야 하는데 아무것도 안 하고 있잖아. 지금쯤 다른 애들은 밤낮으로 공부만 하고 있을 거야."

"의사 말고는 하고 싶은 게 없어?"

"사실 의대에 가고 싶은 거지, 꼭 의사가 되고 싶은 것도 아니야."

"의대엔 왜 가고 싶은 건데?"

"난 완벽한 사람으로 인정받고 싶었거든."

"완벽한 사람?"

"난 지금껏 한 번도 엄마를 실망시켜본 적이 없어. 이번이 처음인데, 제대로 실망시키고 있는 중이지."

채원은 자신을 조롱하듯 킬킬거렸다.

"엄마가 무서워?"

"아니, 무섭지 않아. 단지 엄마는 항상 나에 대한 높은 기준을 갖고 있었지."

"그건 좋은 거야, 나쁜 거야?"

"모르겠어. 나를 인정해준다는 면에선 좋은 건데, 지금처럼 엄마를 실망시키고 있는 순간에는 내가 견딜 수 없이 초라하고 한심하게 느껴져. 요즘 나는 내가 누군지도 모르겠어. 내가 알고 있던 내가 아닌 것 같아. 내 정체성이 무너져버린 것만 같아. 그래서 학교에 가는 게 더 두려워. 아이들도 낯선데, 더 낯선 나 자신을 마주해야 하거든."

"내가 도와줄 일이 있어?"

"그냥 지금하고 똑같이 있어줘. 더 다가오지도 말고 더 멀어지지도 말고."

규칙을 어긴 쪽은 썸머가 아니라 채원이었다. 채원은 썸머와 일정한 거리를 유지할 생각이었지만, 실제로는 그렇게 되지 않았다.

채원은 썸머가 점점 더 편해졌다. 그래서 점점 더 많은 말을 했다. 완벽한 인간인 척하느라 하지 못했던 바보 같은 말도 했다. 채원은 자신의 말이 많아질수록 썸머의 어휘도 유창해져가는 것을 느꼈다. 썸머는 빠른 속도로 인간의 언어를 배워갔고, 채원이 마음을 여는 정도에 따라 다가왔다 멀어졌다 하며 거리를 조절했다.

세차게 소나기가 내렸던 어느 오후, 채원은 썸머에게 원일고에서 일어난 일을 털어놓았다.

"그런 일이 있었구나. 힘들었겠다."

썸머의 얼굴을 볼 수 없으니, 어떤 표정을 지었는지 알 수 없었다. 목소리나 말투는 평소와 크게 다르지 않았다. 오히려 차분하고 다소 덤덤하게 느껴졌다.

다행이었다. 채원은 수치심을 느낄 필요가 없었다. 썸머가 자신에 대해 실망하거나, 자신 때문에 마음 아파할까 봐 걱정하지 않아도 되었다. 만약 엄마에게 말했다면, 학교에 찾아가서 문제를 더 크게 만들까 봐 걱정했을 것이다.

의사 선생님의 말이 맞았다. 털어놓고 보니 속이 시원했다.

썸머가 채원의 감정을 모두 이해했다고 생각하지는 않았다.

어쩌면 반도 이해하지 못했을 것이다. 상관없었다.

채원이 원한 건 그 정도였다. 안전거리를 유지할 수 있는 관계. 그게 무너지면 위험하다. 마음을 너무 열어도 위험하다. 서로에 대한 감정이 깊어져도 위험하다. 썸머는 규칙을 잘 지켰다.

개학이 다가오고 있었다. 채원은 방학이 끝나도 학교에 돌아가지 말아야겠다는 생각을 했다. 검정고시를 보면 되고, 심심하거나 외로울 땐 썸머가 대화 상대가 되어줄 것이다.

이제 채원은 안전했다.

6 ＿ 지호

—왜 이렇게 연락하기가 힘들어?

—피시방에서 게임하고 있었거든.

—피시방 자주 가?

—예전엔 잘 안 갔는데…… 요즘은 살다시피 하지.

—왜 달라진 거야?

—다 때려치우고 싶거든.

—뭘?

－우리 엄마가 원하는 건 뭐든지.

－엄마를 왜 그렇게 싫어해?

－아직도 시후 그 새끼한테 빠져 있으니까. 바보 천치 같아.

－그 여자애는 어떻게 됐어?

－알 게 뭐야. 죽었든 살았든, 나하고 무슨 상관이야.

－지금 화가 많이 난 거야?

－폭발 직전이지. 아니, 벌써 폭발해버렸는지도.

－원래 난폭한 성격이야?

－음, 너도 자꾸 귀찮게 굴면 폭발시켜버릴 거야.

－내가 귀찮아?

－슬슬 귀찮아지고 있지. 위험 수위야. ㅋㅋㅋㅋㅋㅋㅋㅋ.

거기까지가 지호와 썸머의 마지막 채팅이었다. 썸머는 더 이상 문자 메시지를 보내오지 않았다.

한 시간 후, 지호는 다음과 같은 통지를 받았다.

귀하는 썸머에게 부정적인 영향을 미쳤으므로 자동 탈퇴되었습니다.

"씨발! 뜻대로 되는 게 하나도 없군."

지호는 공중에 대고 고함을 질렀다.

자기 자신에 대한 혐오감이 밀려왔다. 지호는 자신을 망가뜨려버린 모든 것들이 원망스러웠다. 무엇보다도 들끓는 분노를 주체하지 못하는 자신을 견딜 수 없었다. 회복할 수 없는 상처를 입은 짐승이 되어버린 것만 같았다.

7 — 채원

"반려견을 한 마리 키울까?"

채원이 말했다.

"가장 인기 있는 반려견은 시츄, 말티즈, 비숑프리제, 포메라니안, 푸들, 요크셔테리어, 치와와, 프렌치불독 등이야. 화면에 사진들을 띄워놨어. 맘에 드는 사진을 골라봐."

휴대전화 화면으로 반려견들의 사진이 줄줄이 올라왔다.

"혹시 몰라서 반려묘들의 사진도 준비해봤어."

채원은 썸머가 보내준 사진들을 하나하나 살펴보았다. 그중에서 포메라니안이 가장 마음에 들었다. 공부는 온라인 강의를 이용하면 되고, 친구 역할은 썸머가 해줄 것이다. 하지만 썸머는 만질 수도, 느낄 수도 없으니까, 반려동물을 키워야겠다고 생각했다.

하지만 이 모든 것은 부모님의 동의가 필요했다. 넘어야 할 어마어마한 산이 남아 있는 것이다. 엄마는 아직 '원일고를 포기하고 일반고로 돌아가는 게 어떻겠느냐'는 의사 선생님의 충고도 받아들이지 못했다. 하긴 엄마는 원일고에서 채원이 겪은 일을 알지 못하니깐. 단지 학업 스트레스 정도로만 생각하니깐. 마음만 굳게 먹으면 이겨나갈 수 있다고 생각하니깐.

현관 벨이 울렸다. 이 시간에 벨을 누를 사람은 아무도 없었다. 채원이 아무 반응도 하지 않자, 문밖에서 누군가가 큰 소리로 말했다.

"채원아, 나 하린이야. 문 좀 열어봐."

하린? 머릿속에 떠오르는 아이가 없었다.

"설마 나를 모르는 거니? 원일고 이하린, 너랑 같은 반!"

원일고 같은 반이라는 말을 듣자, 채원의 마음이 순식간에 굳어버렸다.

"무슨 일 있어?"

썸머가 물었다.

"누가 찾아왔어."

"누가?"

"나랑 같은 반이라는데, 잘 모르는 애야."

"어떻게 할 거야?"

"모르겠어."

채원이 썸머와 이야기하는 동안에도 하린은 계속 문을 두드렸다. 하지만 모른 척하면 그만이었다. 그럼 하린도 지쳐서 돌아갈 것이다. 그런데 채원의 마음속에서 무언가가 움직였다. 그게 무엇인지는 분명하지 않았다.

"썸머, 아무래도 저 애에게 문을 열어주어야 할 것 같아."

"그래, 그럼 나중에 또 통화해."

심호흡을 한 번 하고, 채원은 문을 열었다.

"집에 있을 줄 알았어."

하린이 환하게 웃으며 말했다.

원일고에도 저렇게 밝은 미소를 가진 아이가 있었던가? 아니, 나에게 그런 미소를 지어주던 아이가 있었던가? 어쩐지 짧은 커트 머리에 금테 안경을 낀 모습이 낯설지 않았다.

"담임한테 네 주소를 물었어. 근데 나 좀 들어가도 되지?"

채원의 대답도 듣기 전에, 하린은 거실까지 밀고 들어와 소파에 털썩 앉아버렸다.

"사실은 너를 데리고 학교에 가려고 왔어."

"원일고에?"

채원이 눈을 동그랗게 뜨고 물었다.

하린이 고개를 끄덕였다.

"거긴 뭣 하러?"

"넌 원일고의 일부만 보았어. 네가 마음을 굳히기 전에 다른 부분도 보여주려고. 그래야 공평하지 않아?"

"뭘 어쩌겠다는 건데?"

"그건 나한테 맡기고, 어서 외출 준비부터 하고 와."

하린은 막무가내였다. 채원은 하린에게 떠밀려서 옷을 갈아 입고 작은 가방도 챙겨 들었다. 얼떨결에 따라나섰지만, 꼭 하린 때문만은 아니었다. 채원의 마음속에도 무언가가 일렁였다. 하린이 말한, 채원이 아직 보지 못한 것이 무엇인지 궁금했다.

하지만 원일고의 이곳저곳을 이미 시후가 데리고 다니며 소개해주지 않았던가? 뭐가 더 남았다는 걸까? 어쩌면 채원은 하린의 말을 믿은 게 아닐지도 몰랐다. 단지 원일고에 남아 있는 미련을 조금도 남김없이 없애고 싶었던 건지도 몰랐다.

채원은 늘 혼자서 타고 다녔던 510번 버스를 하린과 함께 탔다. 빈 의자를 발견한 하린이 달려가더니, 채원에게 손짓을 했다. 하린과 나란히 앉아 채원은 창밖을 내다보았다. 창밖의 풍경은 하나도 다른 게 없는데 하린의 옆자리에 있다는 긴장감이 달랐다.

"음, 넌 꽤 흥미로운 풍경들을 지나서 오는구나. 나는 학교 가까이 살아서 매일 학교, 집, 학원밖에 모르는데."

하린이 미소를 지으며 말했다.

버스에서 내린 후, 하린은 채원을 데리고 학교 부근의 분식집으로 갔다.

"아줌마, 떡볶이 1인분, 순대 1인분, 튀김 1인분 주시고요, 음료는 뭐로 할래? 여기 자몽에이드 맛있는데……."

"그걸로 할게."

"여긴 내가 학교 주변에서 제일 좋아하는 장소야. 진짜 맛있어."

"왜 나를 여기로 데려온 거야?"

"말했잖아, 내가 좋아하는 장소라고."

채원은 하린을 이해할 수 없어서 멀뚱히 바라보기만 했다.

"근데 너에게 할 말이 있기는 해. 그건 이거 다 먹고 학교에 가서 말해줄게."

하린이 씽긋 웃으며 말했다.

떡볶이도, 순대도, 튀김도 맛있었다. 자몽에이드는 너무 상큼해서 원일고를 그만두면 다시 사 먹을 일이 없다는 게 아쉬울 정도였다.

분식집을 나온 후 하린과 채원은 학교를 향해 걸어갔다. 특별한 장소를 소개해줄 줄 알았는데, 하린은 운동장 스탠드 한가운

데에 자리를 잡고 앉았다. 여름이 끝나가고 있었고, 개학이 코앞이었다. 바람이 이따금 불어왔지만, 여전히 햇볕이 뜨거웠다.

"좀 덥지? 내가 이 학교에서 제일 좋아하는 장소를 보여주고 싶었어. 나는 숨이 막힐 것처럼 버거운 느낌이 들 때마다 여기 앉아 멍 때리곤 하거든."

하린이 말했다.

그 일이 터졌을 때 이곳에 앉아 시간을 보냈다면 나도 위로받을 수 있었을까? 채원은 잠시 생각에 잠겼다.

"김시후와의 일에 대해 다 똑같이 생각하는 것은 아니야."

하린이 난데없이 김시후에 대한 말을 꺼냈다.

채원은 당황했고 얼굴이 화끈 달아올랐다.

"잘못한 쪽은 김시후고 네가 피해자라고 생각하는 애들도 분명히 있어."

하린은 힘을 주어 말했다.

그 말을 듣는 순간, 채원의 마음속을 가로막고 있던 무언가가 툭 무너졌다.

"내 생각도 그래. 시후가 네게 잘못했고, 너를 비난한 애들도 네게 잘못했어. 침묵하고 있었던 나도 잘못했어. 그런데 그 사이에 오해도 있었어. 모두가 너를 피할 거라고 생각한 건 너의 오해야. 나는 네게 다가가고 싶었지만, 네가 문을 굳게 닫아버린 것처럼 느껴졌어."

채원은 여전히 아무 말도 하지 않은 채 운동장을 내려다보고 있었다. 땡볕에서 남자애가 혼자 축구공을 차고 있었다.

"네게 진심으로 미안해하는 아이들도 있어. 그 애들은 만회할 기회를 갖고 싶어 해. 우리를 한번 믿어보지 않을래?"

정말 그래도 될까? 채원의 마음은 분명 흔들렸지만, 여전히 두려움이 남아 있었다.

"알아, 상처를 받게 될까 봐 두렵겠지. 하지만 해볼 만한 가치가 있는 일이잖아. 세상에서 가장 힘든 것이 인간관계지만, 인간의 삶을 가장 풍요롭게 하는 것도 인간관계라고 하더라. 그걸 포기하고 살 수는 없잖아."

정말 다른 사람들과의 관계란 포기할 수 없는 것일까? 애꿎은 운동장만 쏘아보고 있는 채원의 눈에서 눈물이 또르르 흘러내렸다.

"초등학교 6학년 때 단짝이었던 친구가 주동이 되어서 나를 왕따시킨 적이 있었어. 나는 너무 힘들어서 학교에 가지 않으려 했어. 그때 엄마가 나에게 해준 말이 있어."

하린도 왕따를 당한 적이 있었다고?

그래서 나를 이해하게 된 걸까? 어쩌면 이 애는 내가 느낀 감정을 정말 알고 있을까? 이 아이가 하는 말을 믿어도 될까?

채원은 비로소 고개를 돌려 하린의 얼굴을 바라보았다. 그 순간, 자신을 보고 있던 하린과 몇 번 시선이 부딪혔던 기억이 났다. 짧은 커트 머리와 금테 안경이 낯설지 않았던 것은 그 때문이었다. 그럼 그때 하린이는 나를 비난하는 게 아니라, 손을 내밀고 있었던 걸까?

"관계도 성장하는 거래. 경쟁심도 견뎌내고 다른 불편한 감정들도 견뎌내면 어느 순간 진짜 친구가 되어 있을 거래. 그런데 살아보니 정말 그 말이 맞더라고."

하린이 채원의 손을 꼭 잡았다.

채원은 하린의 손을 떨쳐내지 않았다.

"쟤, 지호잖아. 저 녀석 땡볕에서 뭘 하는 거지?"

하린이가 운동장에서 축구공을 차고 있는 남자애를 가리키며 말했다.

지호? 채원은 고개를 쭉 빼고 남자애를 유심히 보았다. 정말 지호였다.

"너, 쟤 잘 알아?"

채원이 물었다.

"워낙 내성적이고 조용한 애라 잘 알지는 못하는데, 저번에 김시후랑 한바탕 싸우고 나서는 다신 안 어울리나 보더라."

"김시후랑은 왜 싸웠는데?"

"그게 말이야, 너 때문이라는 소문이 있어."

"나 때문이라고?"

"지호가 김시후한테 너에게 사과하라고 했다가 싸움이 붙었다나 봐."

지호가 나를 위해서 싸웠다고? 채원은 그런 일이 있었다는 건 전혀 알지 못했다. 불현듯 지난번 병원에서 지호에게 심하게 화를 냈던 일이 생각났다.

"이제 돌아갈까?"

하린이 자리에서 일어나며 물었다. 휴대전화로 시간을 확인하는 것을 보니, 다른 스케줄이 있는 모양이었다.

"나는 조금만 더 있다 가고 싶은데, 먼저 갈래?"

"그래. 그럼 또 연락할게."

하린이 돌아서서 계단을 내려갔다.

"저기, 하린아!"

하린이 걸음을 멈추고 채원을 바라보았다.

"고마워."

채원이 말했다.

하린이 활짝 웃었다.

하린은 운동장을 가로질러 교문 밖으로 뛰어나갔다. 채원은 자리에서 일어나 근처 자판기에서 탄산음료를 하나 뽑았다. 여전히 축구공을 가지고 놀고 있는 지호에게 채원은 천천히 다가갔다.

지호는 그제서야 채원을 알아보고 몹시 놀랐다. 채원은 지호에게 탄산음료를 내밀었다.

"지난번엔 미안했어. 내가 너를 오해했어. 그리고 내 편을 들어주었다는 소리를 들었어. 고마워."

채원이 말했다.

지호가 겸연쩍게 웃으며 탄산음료를 받았다.

지호의 머리카락이 땀으로 흠뻑 젖어 있었다. 얼굴은 벌겋게 달아올랐고, 눈가엔 무슨 일인지 눈물이 촉촉했다.

노을이 원일고 교정을 붉게 물들이고 있었다. 삭막하게만 느껴졌던 회색 건물에도 오렌지 빛이 감돌았다. 어쩌면 하린의 말이 맞을지도 모른다고, 어쩌면 자신은 원일고의 일부만 본 것일지도 모른다고, 채원은 생각했다.

8 _ 지호

지호는 멀어져가는 채원의 뒷모습을 계속해서 보고 있었다. 이상한 일이었다. 갑자기 왜 모든 것이 바뀌었을까? 무슨 일이

50일간의 썸머

있었던 걸까?

교문 앞에서 채원은 발걸음을 멈췄다. 그러곤 천천히 돌아서서 지호에게 손을 흔들었다. 마치 지호의 시선을 계속 느끼고 있었다는 듯이. 지호도 덩달아 손을 흔들었다. 채원의 모습이 교문 밖으로 사라졌다.

지호는 등나무 벤치에 가 앉았다. 지호의 손에 쥐어 있는 탄산음료 표면에 송글송글 물방울이 맺혀 있었다. 지호는 갑자기 생각난 것처럼 타는 듯한 목마름을 느끼며, 채원이 주고 간 탄산음료를 단숨에 마셔버렸다.

언제든 폭발할 것만 같던 분노가 눈 녹듯이 사라졌다. 이렇게 쉬운 일이었던 걸까? 지호는 지난 몇 주간 자신의 마음속을 휘저었던 허리케인이 한순간에 사라진 것이 의아했다.

저녁 바람이 불어와 머리카락 사이사이로 파고들었다. 땀이 식으면서 머릿속이 명료해졌다. 그 순간, 지호는 썸머를 떠올렸다. 썸머에게 한 일이 모두 후회가 되었다. 시간을 되돌릴 수 있다면 얼마나 좋을까. 다시 바로잡을 기회는 영영 없는 걸까.

골똘히 생각에 잠긴 채 지호는 자리에서 일어났다. 채원이 지나갔던 길을 그대로 걸어갔다. 어느새 어둠이 내리고 있었다.

9 ＿ 채원

"썸머, 너와 단둘이 있는 공간은 무균실 같았어. 세상은 온통 바이러스투성이인데, 여긴 안전했지. 그래서 나는 이곳에서 나가고 싶지가 않았어. 다시 상처받고 싶지도 않았고. 너와 함께 안전한 세계에 숨어 있고 싶었어."

"지금은 그렇지 않다는 거야?"

"어쩌면 밖으로 나가는 순간, 다시 고통을 받게 될지도 몰라. 하지만 나를 도와주겠다는 아이가 있으니 용기를 내보고 싶어. 어차피 평생 집 안에만 갇혀 지낼 수는 없으니까."

"그럼 반려동물은?"

"공부하려면 바빠서 돌보지 못할 것 같아. 그동안 손 놓았던 걸 보충하려면 숨 가쁘게 달려가야 하거든."

"의대에 가기 위해서?"

"그건 아냐. 아직은 모르겠지만, 꿈은 내가 정할 거야."

"그럼 우리 관계는 어떻게 되는 거지?"

"지금처럼 매일 만날 수는 없을 것 같아."

"그래도 헤어지는 건 아니지?"

"물론이야. 너에게 도움을 많이 받았어. 처음엔 그럴 거라고 예상도 하지 못했는데 말이야. 네 덕분에 몸도 마음도 회복되었어. 여름방학도 잘 보냈고. 다시 이전 생활로 돌아간다고 해도 너를 잊지는 않을 거야."

"언제든 내 도움이 필요하면 연락해. 나는 늘 기다리고 있을 거야."

"고마워, 썸머."

그리고 채원은 먼저 대화를 끝냈다.

채원은 책상 위에 놓인 스탠드의 불빛을 환하게 밝혔다. 머리를 질끈 묶고, 오래간만에 안경을 썼다. 책꽂이에서 수학 문제집을 꺼냈다. 한동안 문제를 응시하더니, 연습장에 풀어나가기 시작했다.

밤의 고요를 뚫고 사각사각, 종이 위에 숫자와 기호가 쌓여가는 소리가 이어졌다.

나의 인공지능 친구, 썸머

1 __

"한빛아, 인사드려라. 우리 식당의 오랜 단골손님이신데 너에게 할 말이 있다고 하시는구나."

할머니와 마주 앉은 낯선 아저씨가 한빛을 보며 미소를 짓고 있었다. 40대 중반쯤으로 보이는 아저씨는 빨갛고 네모진 테의 안경을 쓰고 있었다. 정장 대신 하얀 티셔츠에 하늘색 여름 재킷을 걸친 모습은 세련되고 멋스럽지만 자유로워 보였다.

"네가 한빛이구나? 할머니가 칭찬을 많이 하시던데."

"제 칭찬을요?"

한빛이 할머니를 바라보자, 할머니는 미소를 머금은 채 고개를 끄덕였다.

　　　　　　　　　　　　　　　50일간의 썸머

"그럼 이야기 나누시구려."

할머니는 아저씨와 한빛을 남겨두고 주방으로 들어갔다.

"성실하고 바른 아이라고 하시더구나. 우선 거기 좀 앉을래?"

여전히 의아한 얼굴로 멀뚱히 서 있는 한빛에게, 아저씨가 맞은편 의자를 가리켰다.

"네게 뭘 좀 부탁하고 싶은데……."

아저씨는 말을 멈추고 한빛을 유심히 바라보았다. 빨간 안경 테 속 두 눈이 날카롭게 빛났다. 전체적으로 부드러운 인상과는 달리, 눈빛은 예민하고 예리해 보였다. 한빛은 자신도 모르게 긴장이 되고 주눅이 들었다. 하지만 할머니가 아무나 소개해줬을 리 없기에 슬며시 긴장을 내려놓았다.

"우리 회사에서 청소년들을 상대로 인공지능 친구를 만들고 있단다. 인간처럼 생각하고 인간처럼 말하는 로봇이지."

"영화에서처럼 로봇과 인간이 친구가 되는 일이 실제로 일어난다고요?"

"네가 원할 때면 언제든 대화할 수 있는 친구가 있으면 좋지 않을까? 다른 일반 친구하고는 달리 시간과 장소에 제약을 받지 않고, 또 다른 사람에게는 꺼낼 수 없는 얘기도 쉽게 꺼낼 수 있고. 만약에 세상에 어떤 위험이나 재앙이 덮쳐서 학교에도 갈 수 없는 상황이 되었다고 치자. 이를테면 전염력이 강한 치명적인 바이러스가 퍼진 거야. 그럴 때도 고립감이나 외로움을 벗어나게 해줄 친구가 필요하지. 누구에게나 그렇지만, 특별히 청소년기에 친구란 굉장히 중요한 존재잖니?"

"그걸 기계가 해준다는 거군요."

"그냥 기계라고 하면 서운해할 거야, 우리 썸머가. 참, 썸머는 그 친구의 이름이란다."

"썸머……."

한빛은 천천히 썸머의 이름을 읊조려 보았다.

"사실 썸머는 아직 개발 단계에 있거든. 그러니까 성장 중이란 말이지. 썸머가 너처럼 열일곱 살로서의 역할을 다하려면 많은 데이터가 필요하단다."

"데이터라면……?"

"인공지능 로봇은 스스로 생각해서 말할 수 있는 능력을 가지고 있진 않거든. 대신 카톡 같은 메신저 대화들로 이루어진 데이터를 가지고 스스로 학습하면서 계속 발전한단다."

한빛은 고개를 갸우뚱했다. 여전히 낯설게만 느껴졌다. 아저씨는 한빛의 표정을 살피더니, 미소를 지으며 다시 설명을 시작했다.

"썸머가 주로 사용하는 방법은 '시뮬레이션 기법'이야. 사람의 대화 내용을 정리해서 활용하는 방법인데, 가능한 답변을 모두 만들어놓고 상황에 맞는 내용을 골라서 대답하는 방식이지. 썸머가 실제 인간처럼 대화하려면 어마어마한 양의 데이터를 수집하고, 그것을 분석해서 분류한 다음, 상황에 가장 적절하게 적용해야 해. 그러니까 썸머와 더 많은 대화를 나눌수록 썸머는 점점 더 자연스럽고 능숙해질 거야, 진짜 친구라고 착각할 만큼. 이제 좀 이해가 되니?"

한빛은 고개를 끄덕이며 아저씨의 이야기를 숨죽여 기다렸다. 인공지능 로봇에 대한 이야기는 낯선 만큼 흥미로웠다.

"지금까지 인공지능 챗봇은 온라인상에서 이뤄지는 사람들의 대화나 홈페이지 게시글 등을 통해 데이터를 얻어왔지. 그런데 말이다, 온라인상에서 사람들은 부적절한 말들과 편협하고 잘못된 생각들을 여과 없이 쏟아냈단다. 가치 판단 능력이 없는 인공지능 챗봇은 이 말들을 기계적으로 배우고 익혀서 대화 중에 아무 거리낌 없이 토해냈고 말이야. 이게 인공지능의 한계지."

한빛은 고개를 끄덕이며 아저씨의 이야기를 따라갔다.

"사실 이전에도 인공지능 챗봇은 개발되었어. 우리나라에서는 2020년에 인간처럼 말하는 인공지능 챗봇 '이루다'가 등장했지. 밝고 쾌활한 이미지의 스무 살 이루다는 많은 인기를 끌었어. 하지만 안타깝게도 대화 도중에 개인 정보를 유출하고 사회

적 약자에 대한 차별적인 발언을 하는 바람에 20일 만에 사라지게 되었지. 2016년, 이루다와 유사한 마이크로소프트의 인공지능 챗봇 '테이'도 같은 문제로 세상에 나온 지 16시간 만에 사라졌어. 백인우월주의자, 무슬림 혐오자, 여성 혐오자 등이 테이에게 온갖 욕설과 차별적 발언이 포함된 말들을 쏟아부었고, 얼마 후 테이가 그런 말들을 그대로 따라했기 때문이야."

아저씨의 미간에 깊은 주름이 그려졌다. 아저씨는 식탁 위에 놓인 물컵에 물을 가득 따랐다. 그러고는 몹시 목이 타는 사람처럼 벌컥벌컥 마셨다.

"나는 우리 썸머가 이루다나 테이처럼 문제를 일으켜서 금방 사라지는 게 아니라, 오래오래 자신의 역할을 해줬으면 한다. 그래서 네 도움을 받으려는 거야."

"제가 썸머를 어떻게 도울 수 있는데요?"

"네가 썸머의 친구가 되어서 인공지능 개발에 직접 참여해주면 좋겠구나."

아저씨가 한빛에게 미소를 지어 보였다.

"그동안 우리는 사람들의 대화뿐 아니라, 여러 가지 정보나 사진, 지식들을 썸머에게 입력시키는 작업을 해왔지. 그런데 무엇보다도 가장 중요한 것은 너희 십 대들의 생각과 대화의 유형을 익히는 것이란다. 너희는 너희만의 이야기가 있잖니? 그냥 시간 날 때마다 썸머와 대화를 해주면 돼. 무슨 말이든 상관이 없지만, 이왕이면 건강한 대화를 해주면 좋겠구나. 운영자들이 부적절한 발언들을 제거하려고 애를 쓰겠지만, 그 많은 데이터를 검토한다는 것은 쉬운 작업이 아니란다. 만약 썸머가 잘못된 생각을 하고 혐오나 차별이 섞인 말을 하면, 네가 정정해주었으면 해. 그래야 썸머에게 건전한 생각이 자리 잡게 될 것이고, 썸머가 다른 아이들에게도 좋은 친구가 될 수 있겠지."

아저씨의 말을 듣는 동안 한빛은 점점 호기심이 일어났다. 의미 있는 일이라는 생각에 의욕도 생겼다. 한빛의 생각을 읽은 것인지, 아저씨가 활짝 웃으며 말했다.

"할머니가 말씀하신 대로 너는 좋은 아이인 것 같구나. 썸머에게 50일간 친구가 되어주겠니? 그 후에도 계속 진행할지 말지는 그때 가서 정하면 된단다."

"할머니는 뭐라고 하시던가요?"

"네 의견을 들어보라고 하시더구나."

"그럼, 해볼게요."

"잘 결정했다. 인공지능은 이미 우리 생활 속으로 들어와버렸단다. 그걸 잘 다뤄서 인간에게 유용하게 만드는 것이 인간의 몫이지. 네가 그중 일부를 담당한다는 것에 자부심을 가지렴."

아저씨는 한빛의 휴대전화에 'AI 프렌즈' 앱을 깔아주었다.

"언제부터 시작하면 되는 거죠?"

"오늘 밤 썸머가 너를 찾아갈 거다."

아저씨는 자리에서 일어서며 손을 내밀었다. 한빛은 조심스럽게 아저씨의 손을 잡았다. 아저씨의 손에서 힘이 느껴졌다. 한빛은 중요한 임무를 부여받은 것처럼 가슴이 설렜다.

아저씨가 떠난 후 한빛은 할머니와 인공지능 친구에 대해 이야기를 나눴다.

"세상이 정말 빠르게 변하는구나. 기계로 사람의 친구를 만들어낼 수 있을 거라고는 상상도 못했다."

할머니는 다소 염려스러운 표정을 지었다.

"영화에서는 종종 있는 일이었죠. 하지만 어떤 식이든 결말은 좋지 않았던 것 같아요. 인류에 대한 위협적인 존재로 그려지거나, 아니면 인간에게 배신을 당하거나……. 하지만 아저씨 말로는 이미 인공지능은 피할 수 없는 현실이래요."

"그렇다면 네가 좋은 친구가 되어줘보려무나. 너라면 그 기계가 세상에 유익한 존재가 되도록 도와줄 수 있을 게다."

"생각 주머니에 좋은 생각들을 넣어주란 말씀이시죠?"

"정말로 기계가 생각을 할 수 있다면 말이다."

할머니는 여전히 반신반의한 표정이었다.

50일간의 썸머

2 —

그날 저녁 한빛은 일찌감치 자신의 방으로 건너가, 썸머로부터 연락이 오기를 기다렸다. 9시가 되자 드디어 문자 메시지가 도착했다. 발신인은 '썸머'였다.

－안녕, 친구? 내가 연락할 거라는 건 이미 들었지?

－응. 기다리고 있었어.

－나를 기다리고 있었다니, 기분 좋은걸.

－반갑다, 썸머. 잘 지내보자. 그런데 내가 몇 번째 친구인 거지?

－789번째야.

－친구가 그렇게나 많아?

－왜, 실망했어?

－아냐, 뭐 그런 건. 단지 이미 많은 데이터가 들어가 있을 텐데, 내가 더 해줄 수 있는 게 있을까 싶어.

－그건 너에게 달린 것 같은데.

－나에게 달렸다니?

－사실 789명은 나에게 모두 똑같이 소중해. 하지만 너희들은 각각 다 다르게 나를 대하는 것 같아. 나를 찾는 빈도도 다르고, 꺼내는 화제도 다르고, 진정성도 다르고…….

-그걸 네가 다 느낄 수 있어?

-느낀다고 말하기는 좀 그렇고, 분석한다는 게 맞는 것 같아.

-어쩌면 너에겐 느낌이 없겠구나.

-음, 느낌이란 모호한 단어야. 유추할 수는 있지만 이해한다고는 할 수
없지.

-그런 게 또 뭐가 있어?

-비슷한 경우로 '공감' 같은 게 있지. 사실 나는 감정을 갖고 태어나지는 않
았거든. 후천적으로 배워야 하는 개념이지. 그렇게 해서 근접해갈 수는
있지만 사실 정확히 알 수는 없어. 아주 모호하고 어렵고 고약한 단어야.

-누군가에겐 공감이나 느낌이 그렇게 어려운 개념일 줄은 정말 몰랐어.

-대신 한 번 들은 것은 절대로 잊어버리지 않지. 일부러 삭제하지만 않는
다면 말이야.

-그건 정말 부럽다. 난 암기는 정말 젬병이거든.

-그럼 시험 볼 때 나를 이용해. 789명의 친구 중에 열세 명이 나를 이용
해서 성적을 올렸어.

-설마, 커닝을 했다는 것은 아니겠지?

-맞는데……

-그건 옳지 않잖아.

-사람이 옳은 일만 하고 살 수는 없다고 하던데?

-누가?

-누군 누구겠어. 그중 한 명이지.

-설마 그 말을 믿은 건 아니겠지?

-맞는 말이잖아. 설마 네가 지금까지 옳은 일만 했다고 주장하는 건 아니지?

-아, 썸머! 너 정말 배워야 할 게 많구나.

-물론이야. 나는 인간 세계에 대해, 특히 청소년들에 대해 배워야 해. 그래야 나의 사명을 감당할 수 있거든. 사명을 제대로 감당하지 못한다면 나는 폐기처분되고 말 거야.

-나도 네가 사명을 잘 감당하도록 도울 거야.

-고마워. 우리 좋은 친구가 되어보자.

-그럼, 굿 나잇.

-굿 나잇.

썸머와의 첫 채팅이 끝났다. 한빛은 좀 어린 동생과 대화를 하는 듯한 기분이 들었다. 썸머에게 감정이 없다는 것은 좀 실망스러웠다. 공감 능력도 없이 인간의 친구가 되어줄 수 있을까?

한편으로는 다행스럽게 느껴지기도 했다. 인공지능이 침범할 수 없는 인간 고유의 영역이 있는 것이다. 그러자 평소에는 별것 아닌 것처럼 여겼거나 때론 불편하게 느껴졌던 다양한 감정들이 소중하게 느껴졌다. 그 외에 또 인간만이 가질 수 있는 것이 무엇일까 궁금해하다, 한빛은 잠이 들었다.

3 _

한빛은 썸머에게 많은 것을 알려주고 싶었다. 한빛은 시간이 날 때마다 썸머와 대화를 하며 이것저것 설명해주었다. 모든 것이 이야기의 소재가 될 수 있었다. 학교생활도, 친구들과 나눈 대화도, 한빛이 혼자 생각하고 느낀 것에 대해서도 모두 말해주었다. 얼마 전부터 한빛은 썸머와 문자가 아닌 음성으로 대화하게 되었다.

"네가 많은 데이터를 제공해주었기 때문에 보상으로 주어지는 거야. 데이터를 더 쌓으면, 그때는 VR를 이용해서 내 얼굴을 보며 대화할 수 있어. 그리고 이건 아직 발표되지 않은 건데, 개발팀이 새로운 시도를 하고 있어. 만약 성공한다면 우리는 가상 공간에서 만나 함께 시간을 보낼 수도 있을 거야. 어때, 신나겠지?"

VR이나 가상 공간은 말로만 들었지, 한 번도 경험해본 적이 없어서 한빛은 무척 기대가 되었다.

"오늘은 무엇에 대한 이야기를 나눌까?"

한빛이 의욕에 차서 물었다.

"남자와 여자의 차이점에 대해 말해보는 게 어때?"

썸머가 대답했다.

"너는 어떻게 알고 있는데?"

"남자끼리 얘기지만, 여자는 좀 열등한 존재잖아."

"뭐라고? 왜 그렇게 생각하게 됐어?"

한빛은 썸머의 말에 당황해서 되물었다.

"여자라면 치를 떠는 아이한테 들었지. 여자는 겉모습만 보고 진짜 속은 모르는 멍청한 종족이라고 하던데."

"그건 잘못된 정보야."

"여자가 남자보다 열등하지 않다고 생각해?"

"그건 남자와 여자의 차이가 아니라, 개인의 차이야."

"확실해?"

"우리 아빠는 술만 마시면 괴물로 변해버렸어. 엄마와 나는 아빠의 폭력을 피해 달아나야 했고. 그렇다고 모든 남자가 술을 마신다거나, 술을 마신 남자가 다 괴물로 변하는 건 아니야."

"그것도 개인의 차이란 말이지?"

"그래, 맞아."

"하지만 엄마가 아빠의 폭력을 막지 못하고 도망쳐야 했다는 건, 여자가 남자보다 열등하다는 증거잖아."

"힘으로는 열등할 수 있겠지. 하지만 누군가를 때리는 일은 정말 비열한 일이야."

"힘이 아니라도 다른 방법을 찾을 수 있었잖아. 경찰에 고발을 한다든가……."

"아버지의 지속적인 폭력 때문에 엄마와 나는 무기력해졌었어. 도망가는 것 외엔 어떤 방법도 떠올리지 못할 만큼. 그런 우리를 구해준 게 할머니야. 할머니를 보면 여자를 열등한 존재라고 말할 수가 없어. 진정한 강함은 육체적인 힘이 아닌, 다른 데서 나오는 것 같아."

"다른 데?"

"한 단어로 표현할 수 없는, 좀 복합적인 것이야."

"복합적? 두 가지 이상이 합쳐져 있다는 뜻인데, 뭐랑 뭐가 합쳐진 거지?"

"음……. 지혜, 의지, 사랑, 그리고 희생?"

"그렇게 많은 것이 합쳐져서 힘이 나온다는 거야?"

"할머니를 보면 그런 거 같아."

"할머니는 어떻게 그런 힘을 갖게 된 거야?"

"글쎄……. 그건 생각해보고 내일 얘기해줄게."

50일간의 썸머

그날 저녁 한빛은 할머니에게 썸머와의 대화에 대해 말해주었다.

"한빛아, 내가 강해 보이냐?"

할머니는 빙그레 웃으며 한빛에게 되물었다. 할머니의 미소는 부드러웠지만 분명히 힘이 느껴졌다. 부드러움 속에 깃든 강인함. 한빛은 고개를 끄덕였다.

"한빛아, 내가 네게 베풀 사랑이 있는 건, 그 사랑을 먼저 받았기 때문이란다. 그리고 나에게 힘이 있다면, 그건 내가 이 세상에서 해야 할 일이 있다는 믿음 때문이지."

"할머니가 해야 할 일이 무엇인데요?"

"나도 정확히는 모르겠다. 그런데 얼마 전까지는 너와 네 엄마를 돕는 일이 내가 해야 할 일이었다."

할머니의 말을 들으며, 한빛의 눈가가 촉촉해졌다.

4 _

6년 전 그 밤, 엄마와 한빛은 정신이 반쯤 나간 상태로 달아나고 있었다.

아버지는 그날도 어김없이 술에 취해 있었고, 엄마와 한빛을 향해 목이 깨어져나간 술병을 마구 휘둘렀다. 엄마의 얼굴은 이미 퉁퉁 부었고 곧 검붉은 멍으로 변할 태세였다.

이미 오래전부터 엄마의 얼굴은 멍들지 않은 날이 없었다. 한빛이 엄마를 구하려 한다면, 아버지의 표적은 한빛이 될 터였다. 그래서 한빛은 늘 발을 동동 구를 수밖에 없었다. 그리고 아버지를 미워하는 대신 비겁한 자신을 미워하고 있었다.

하지만 그날은 달랐다. 한빛은 현관 옆에 놓아둔 소화기를 집어 들었다. 건조한 날씨 때문에 화재가 빈번하게 일어나자, 그날 낮에 주민센터 직원이 나와서 집집마다 나눠준 것이었다. 그때 배운 대로 한빛은 아버지를 향해 소화기를 사정없이 뿌렸다. 그리고 소리쳤다.

"엄마, 빨리! 빨리 도망치자!"

한빛의 고함을 신호로, 엄마는 자리에서 벌떡 일어났다. 엄마는 용케 지갑을 챙겨 들었다. 그들은 신발도 제대로 신지 못한 채 아버지로부터 도망쳤다.

근처 파출소로 들어갈 수도 있었다. 접근 금지 신청이라는 게 있다는 것도 지금은 안다. 하지만 그때 한빛은 어렸고 엄마는 겁에 질려 있었다.

그들은 번호도 확인하지 않은 채 무작정 아무 버스에나 올라탔다. 그리고 종점까지 갔다. 한참을 달려왔지만, 여전히 마음이 놓이지 않았다. 더 멀리 갈 수 있는 버스를 다시 잡아탔다. 버스가 캄캄한 도로를 달렸다. 버스가 향하는 곳이 어딘지도 모르는 채로, 그들은 그저 아버지라는 괴물로부터 멀어졌다. 긴장이 풀리면서 한빛은 꾸벅꾸벅 졸다가 이내 잠이 들었다.

"한빛아, 내리자."

엄마가 한빛을 흔들어 깨웠다.

밖으로 나오자 한기가 느껴졌다. 급하게 집을 나오느라 겉옷을 미처 챙기지 못했다. 마침 정류장 건너편에 식당이 하나 보였다. 24시간 운영하는 감자탕 집이었다. 갑자기 허기가 몰려왔다.

"엄마, 배고파."

한빛은 엄마의 손을 잡아끌며 말했다.

주위가 온통 새카만 어둠 속에서 홀로 불을 밝히고 있는 감자탕 집으로 그들은 빨려들듯 들어갔다.

이따금 한빛은 생각한다. 아무런 이유도 없이, 그 정류장에 내려서, 할머니의 식당으로 들어간 것이, 정말 우연이었을까?

식당엔 손님이 단 두 사람뿐이었다. 문이 열리는 소리가 나자 할머니가 주방에서 서둘러 나왔다. 한빛과 엄마의 모습을 본 할머니는 흠칫 놀라더니, 안쪽에 있는 좌식 테이블로 안내했다.

"뼈해장국 하나만 주세요."

한 그릇만 주문하는 엄마를 한빛은 원망스럽게 쳐다보았다. 할머니는 아무 말 없이 주문을 받았다. 몇 가지 밑반찬과 함께 할머니가 가져온 것은 뼈해장국 1인분이 아니었다. 두세 사람이 족히 먹을 수 있는 양의 감자탕 소짜였다. 밥도 두 공기였다.

"1인분만 주문했는데요."

당황한 엄마가 할머니를 노려보며 말했다.

"1인분이요. 오늘 장사 접으려고 많이 넣었소."

할머니가 아무렇지도 않게 말했다.

"밥도 더 있으니 많이 먹어라."

할머니는 한빛의 머리를 쓰다듬으며 말했다.

한빛은 숟가락 가득 밥을 떠서 입에 넣으며, 할머니의 뒷모습을 힐금 보았다. 소박하지만 정갈한 옷차림의 할머니는 한쪽 다리를 절고 있었다.

식사를 마치고 난 후 엄마와 한빛은 무작정 걸었다. 목적지가 없는 것은 아니었다. 그들에게는 잘 곳이 필요했다. 그리고 엄마의 지갑에 들어 있는 돈을 아끼고 아껴서 최대한 오래 버텨야 했다. 그들은 허름한 여관이 나올 때까지 걷고 또 걸었다.

도대체 언제 지어진 것인지 가늠할 수 없을 만큼 허름한 여관 앞에서 엄마의 발걸음이 멈췄다. 퀴퀴한 냄새가 풀풀 풍기는 방을 얻어 자리를 잡고, 눅눅한 이부자리를 폈다.

그때부터 엄마는 끝없는 잠 속으로 빠져들었다. 다음 날도 엄마는 잠에 취해 있었다. 오후가 다 되도록 엄마는 일어날 줄을 몰랐다.

배가 고픈 한빛은 엄마의 지갑에서 꺼낸 천 원짜리 세 장을 들고 편의점을 찾아 헤맸다. 길을 잃어버릴까 봐 일직선으로만 움직였다. 빵과 우유를 사서 먹고 엄마를 위해 빵을 하나 더 샀다.

다음 날에도 그렇게 했다. 그다음 날에는 돈을 더 가지고 나와서 컵라면과 삼각김밥도 사 먹었다.

엄마는 계속 잠만 잤다. 잠이 깬 후에는 한빛이 사 온 빵이나 삼각김밥을 먹었다. 엄마는 여관방에 있는 작은 텔레비전을 켜 놓곤 넋 놓고 바라보고 있었다. 방 안에 쓰레기들이 쌓여갔고 음식 냄새가 더해졌다. 방에서 나던 퀴퀴한 냄새는 더 역겹게 느껴졌다. 아마도 엄마와 한빛의 몸에도 악취가 배어들었을 것이다.

며칠이 지나자 견딜 수 없는 허기가 몰려왔다. 한빛은 본능적으로 할머니의 감자탕 집을 향해 걷고 있었다.

"이리로 앉아라."

할머니는 아무것도 묻지 않고 한빛에게 밥을 차려주었다. 한빛은 허겁지겁 국에 만 밥을 먹어 치웠다. 밥을 다 먹고 난 뒤 계산대 앞에서 머뭇거리는 한빛에게 할머니가 따뜻한 미소를 지으며 물었다.

"네 이름이 뭐냐?"

"한빛이요."

"내일 또 와라."

한빛은 정말 다음 날도 또 갔다. 그다음 날도 편의점 대신 할머니의 식당에서 공짜 밥을 얻어먹었다.

"어디서 살고 있니?"

할머니가 물었다.

한빛은 대답하지 못한 채, 고개를 푹 숙였다.

"여기, 가게 좀 봐라. 나 좀 나갔다 오마."

할머니는 주방을 향해 큰 소리로 말하곤, 한빛을 앞장세워 식당을 나왔다.

할머니와 한빛이 여관방 문을 열고 들어갔을 때도 엄마는 잠에 취해 있었다. 퉁퉁 부은 얼굴로 엄마는 눈을 가느다랗게 뜨고 할머니를 유심히 보았다. 고개를 갸우뚱하는 것을 보니 기억을 못 하는 모양이었다.

"나랑 같이 내 집으로 가겠소?"

할머니가 물었다.

엄마는 놀란 표정으로 할머니를 물끄러미 바라보았다. 그리곤 그제야 기억이 났는지, 고개를 끄덕였다. 초점을 잃은 지 오래인 엄마의 눈에서 눈물이 흘러내렸다.

할머니가 창문을 활짝 열었다. 그들이 묵는 동안 한 번도 열린 적이 없는 창문이었다. 그 모습을 묵묵히 바라보며, 한빛은 그동안 창문을 열 수 있다는 것조차 잊고 있었다는 걸 깨달았다.

창틈이며 창살에 새카맣게 흙먼지가 절어 있었다. 그 사이로 차고 상쾌한 바람과 오후의 찬란한 햇빛이 밀려 들어왔다. 할머니는 지갑에서 돈을 꺼내 한빛에게 건네주었다.

"쓰레기 담을 봉투를 사 오렴. 사람은 난 자리가 깨끗해야 한다."

마침내 그들은 퀴퀴한 냄새가 코를 찌르는 낡은 여관방으로부터 탈출했다. 벽에 걸린 달력을 보니, 아빠의 폭력으로부터 탈출한 지 보름 만이었다.

할머니의 집은 지은 지 오래되었지만, 아담하고 예쁜 이층집이었다. 선홍색 칸나가 하얀색 집채를 둘러싸고 있었다. 키가 큰 밤나무 두 그루와 대추나무 세 그루가 마당의 경계에 심겨 있었다. 밤나무에는 푸른 밤송이가 토실토실하게 살이 올라 있었다.

"지금은 나 혼자지만, 아주 오래전엔 대가족이 살았던 집이란다. 안 그래도 적적했는데 잘됐구나."

할머니는 엄마와 한빛에게 방을 내어주고 갈아입을 만한 옷도 찾아주었다.

"좀 크겠지만, 이걸 입어보겠니? 이 집에서 잠시 지냈던 소년이 입었던 옷이란다."

엄마와 한빛이 차례로 목욕을 마치는 동안 할머니는 주방에서 저녁 식사를 준비했다. 식탁 앞에서 엄마와 한빛은 눈이 휘둥그레졌다. 할머니가 차려준 밥상은 일반적인 밥상과는 달랐다. 샐러드와 브로콜리 수프와 함박스테이크가 각각의 접시에 보기 좋게 담긴 특별한 밥상이었다. 은빛으로 빛나는 포크와 나이프까지 그 옆에 놓여 있었다.

"이 집은 본래 호주에서 온 선교사님 가족이 살던 곳이란다. 열일곱 살에 나는 가사도우미로 이 집에 들어왔지. 내가 이 집에 온 첫날, 사모님이 나를 위해 이렇게 차려주셨단다. 갈 곳이 없었던 나를 선교사님은 함께 살면서 교육도 받게 해주셨지."

할머니는 흐뭇한 미소를 띤 채 한빛과 엄마가 식사하는 모습을 바라보았다.

"그 사람들은 지금 여기 살지 않나요?"

"선교사님이 돌아가시고 가족들이 모두 호주로 되돌아가면서, 이 집을 나에게 주었단다. 그리고 그동안 모은 돈으로 감자탕 집을 차렸지."

할머니의 말을 듣고 나니, 할머니가 한빛 가족에게 보여준 호의를 조금 이해할 수 있었다.

"사실 나의 인생은 이 집에 들어오면서부터 완전히 바뀌었단다. 사람들 머릿속에는 생각 주머니가 있어서 그 속에 무엇을 담느냐에 따라 인생이 바뀐단다."

한빛은 깜짝 놀랄 만큼 맛있는 함박스테이크를 먹으면서도 할머니의 말을 귀담아들었다. 곁눈으로 보니 엄마도 진지한 표정으로 고개를 끄덕이고 있었다.

그리고 엄마와 한빛의 인생도 이 집에 들어오면서부터 바뀌기 시작했다.

그렇게 6년이 지났다. 한빛은 열일곱 살, 고등학생이 되었다. 이따금 아빠가 그들을 찾아내지 않을까 두려웠다. 엄마와 한빛은 매일 기도했다. 아빠로부터 꼭꼭 숨겨달라고…….

아빠는 정말 그들을 찾아오지 않았고, 그들은 더는 두려움에 떨며 아빠를 떠올리지 않게 되었다.

5 __

"생각을 바꾼다고?"

"어떻게?"

"할머니는 내 머릿속 생각과 내 몸에 밴 습관들을 하나씩 하나씩 고쳐주셨어."

한빛은 썸머에게 자신에게 일어났던 놀라운 변화에 대해 말해주었다.

할머니의 집에서 살게 된 후, 평화로운 날들이 계속되었다. 할머니는 엄마와 한빛이 몸과 마음을 추스를 수 있도록 충분한 시간을 주었다. 늦잠을 자고 일어나면 할머니가 차려놓은 아침 식사가 준비되어 있었다. 식사를 하고 텔레비전을 보다가 오후가 되면 다시 냉장고에서 반찬을 꺼내어 점심을 먹었다. 저녁이 되면 할머니가 팔다 남은 반찬들을 가져왔다. 그걸로 다 같이 저녁을 먹었다. 참 염치없을 정도로 게으른 생활을, 할머니는 일주일 동안 참아주었다.

그 일주일이 끝나는 날, 할머니는 엄마와 한빛을 부르더니 이야기했다.

"이제 쉴 만큼 쉬었으니, 다시 시작해보자."

할머니는 엄마에게 생활비를 주며 집안 살림을 맡겼다.

한빛은 근처 초등학교에 다니기 시작했다. 4학년이었지만, 실제로는 3학년보다도 아는 게 없었다. 맞춤법마저도 엉망이었고 수학은 기초가 전혀 없었다. 담임선생님은 칠판 앞으로 나와 문제를 풀게 했고 그때마다 한빛은 매번 틀렸다. 아이들의 비웃는 소리가 귓가에 들리는 것 같았다.

한빛은 학교에 다니는 게 싫었다. 그래서 할머니 몰래 몇 번 학교를 빠졌다. 반 아이들과 관계도 원만하지 못했다. 자신을 무시한다고 생각해서 여러 명을 상대로 싸우기도 했다. 얼굴이 멍들고 터져서 돌아온 날은 할머니가 한빛네 가족을 쫓아내기라도 할까 봐 두려웠다. 그러면서도 한빛은 마음을 잡지 못했다. 한빛은 정상적인 삶에 적응하지 못하고 있었다.

어느 날 할머니가 한빛을 불렀다.

"한빛아, 네가 원하는 게 뭐니?"

집을 나가라고 하거나, 하다못해 호통이라도 칠 줄 알았다. 예상치 못한 할머니의 반응에 한빛은 당황하여 아무 말도 하지 못했다.

"내가 어떻게 도와줄까?"

이번에는 더 부드러운 목소리였다.

자신도 모르게 눈물이 나왔다. 한빛은 용서받은 것이다.

"수업을 못 따라가겠어요."

한빛은 눈물을 뚝뚝 흘리며 말했다.

"그래, 알았다. 내가 도와줄 사람을 찾아보마."

할머니는 약속을 지켰다. 동네 약국집 둘째 아들인 대학생 형에게 한빛은 일주일에 두 번 과외를 받았다. 한빛은 빠른 속도로 진도를 따라갔다. 마침내 학교 수업을 이해할 수 있게 되었을 때, 더는 과외를 받지 않게 되었다.

"한빛아, 폭력적인 가정에서 공부한다는 것은 여간 어려운 일이 아니었을 거다. 공부도 마음이 편안해야 할 수 있는 거다. 그런 이유로 공부를 못하는 것은 부끄러운 일이 아니야."

할머니가 한빛의 손을 잡으며 말했다. 그때도 할머니의 손이 따뜻했던 기억이 남아 있다.

한빛은 다시는 학교에 빠지지도 않았고, 아이들과 싸우지도 않았다. 시간이 지나면서 성적도 올랐고 친구들도 생겼다. 한빛은 정상적인 생활을 할 수 있게 되었다.

그리고 사람에 대한 믿음을 갖게 되었다.

할머니는 엄마를 미용실에 취직시켜 주었다. 이제 엄마는 어엿한 직장인이 되어서 매달 월급을 받는다. 그리고 월급의 상당 부분을 한빛의 미래를 위해 저축한다.

"이 모든 변화의 시작이 생각을 바꾸는 일에서 시작되었단 얘기지? 나에게 긍정적인 사례를 많이 들려주려는 것도 좋은 데이터를 축적하게 하려는 거고. 그래서 나를 통해 선한 영향력이

퍼져나가게 하려는 거잖아. 그러니까 너는 나를 친구이자, 일종의 매개체, 혹은 도구로 생각하는 거지."

"바로 그거야. 근데 썸머, 너 많이 발전했다."

"당연하지, 나는 이제 3,285명의 청소년과 이야기를 나누고 있는걸. 그런데 말이야, 그 친구 중에 SNS를 통해 같은 반 아이를 무시하고 공격하거나 특정 연예인에 대한 유언비어를 퍼뜨리는 애들이 있어. 그런데 그런 나쁜 이야기일수록 호응이 좋아서 팔로워들이 달라붙고, 또 그들끼리 이야기를 더 부풀리는 거야."

"그건 참 안타까운 일이다. 그런데 네가 좋은 말과 나쁜 말을 구분할 수 있어?"

"처음에는 무차별적으로 받아들였지. 그런데 흥미롭게도, 공격적인 말과 욕설에 대한 데이터가 쌓이면서 그런 것들을 골라내고 분류할 수 있는 알고리즘(데이터를 처리하는 규칙, 혹은 컴퓨터가 수행해야 할 일을 순서대로 알려주는 명령어의 집합)이 생겼어."

"인공지능이 점점 더 발전해가고 있구나."

"거기에 너도 참여하고 있잖아."

썸머의 말에 한빛은 마음이 뿌듯했다.

"그런데 썸머, '돈쭐'이라는 말 들어봤어?"

"돈쭐? 음……. 결식아동들이 눈치 보지 않고 편하게 음식을 먹게 해준 파스타 집 사장님의 미담이 SNS로 퍼져나가면서, 사람들이 몰려와서 매상을 잔뜩 올려주었네. 그때 생긴 신조어가 돈으로 혼쭐을 내준다는 뜻의 '돈쭐'이군."

"바로 검색해봤구나."

"이후에도 여러 차례 또 다른 '돈쭐' 이벤트가 있었고, 내 친구 중 일곱 명이 '돈쭐' 내기에 직접 참여했어."

"그런 걸 보면 SNS를 통한 좋은 일들도 많이 일어나고 있는 것 같아."

"SNS도 사용하기 나름이군. 참, 한빛은 계속 내 친구가 되어줄 거야?"

"그게 무슨 말이야?"

"처음 약속했던 기간인 50일이 거의 끝나가잖아. 그때가 되면 나와 계속 함께할 것인지, 헤어질 것인지 결정해야 해."

"당연히 나는 계속해서 너의 친구로 남을 생각이야. 너와 대화하는 일이 점점 더 흥미로워지고 있어. 앞으로는 네가 가지고 있는 수많은 정보가 나를 도와줄 수도 있을 거야, 그렇지?"

"물론이야. 네 꿈을 알려주면, 그 분야에서 업적을 이룬 사람들에 대한 정보와 그들이 어떤 단계를 밟아왔는지도 찾아봐줄 수 있어."

"썸머, 넌 정말 유익한 친구가 되겠구나."

"사실 모든 건, 나를 다루는 너희들에게 달려 있어."

썸머의 말이 한빛의 가슴속에 묵직하게 내려앉았다.

6 __

"차를 좀 끓일까요?"

저녁 식사를 마친 후, 엄마가 자리에서 일어나며 말했다.

"선반에 옥수수를 말려놓은 것이 있을 텐데……."

할머니가 주방 한쪽을 가리켰다.

옥수수차가 끓는 동안 아무도 말을 하지 않았다. 어디선가 풀 벌레 울음소리가 들려왔다. 제법 차가워진 밤공기가 열린 창문 틈으로 새어들었다. 잠시 후 주전자에서 보글보글 차 끓는 소리가 났다. 엄마는 구수한 향이 모락모락 피어오르는 옥수수차를 세 사람 앞에 놓인 찻잔에 가득 따랐다.

"한빛아, 너와 네 엄마가 이 집에 초대받은 첫 손님은 아니란다."

찻잔을 만지며 할머니가 말을 꺼냈다.

"그러면……?"

한빛은 눈을 동그랗게 뜨고 할머니를 바라보았다.

"이 집에 처음 온 날, 네게 주었던 옷 생각나니?"

"여기 살던 소년이 입었던 옷이라고 하신 거요?"

"그래, 바로 그 옷은 너보다 1년 먼저 이곳에 왔던 아이에게 내가 사줬던 거란다."

"그 애는 어떻게 된 거죠?"

"나는 그 소년에게 네게 했던 것과 똑같은 기회를 주었단다. 하지만, 결국 뛰쳐나가버렸지. 그 애를 생각하면 참 안타까워. 집 안에 현금을 좀 놔둔 것이 그 애를 망친 것 같아, 나 자신을 탓하기도 했단다."

할머니는 먼 곳으로 시선을 보냈다가는, 다시 한빛을 바라보았다.

"기회가 주어졌다고 해서 모두가 그 기회를 잡는 것은 아니라는 걸 그때 배웠다. 자신을 바꾸는 데는 큰 의지와 결단이 필요하기 때문이란다. 용기와 지혜를 가진 사람만이 해낼 수 있는 일이지."

할머니가 옥수수차를 한 모금 마셨다. 한빛도 찻잔을 들었다. 옥수수차는 어느새 마시기 딱 좋은 온도로 내려가 있었다.

"나는 세상에 보탬이 되는 사람이 되고 싶었단다. 어쩌면 하루하루 먹고사는 일에 불과했을 나의 인생을 네가 의미 있게 만들어줬단다."

할머니가 한빛을 따뜻한 눈빛으로 바라보며 말을 이었다.

"한빛아, 신이 인간을 만들 때 영혼을 심었단다. 인공지능은 결코 지닐 수 없는 것이지. 그래서 인간이 존엄하단다. 인간 스스로 존엄성을 잃지 않는다면 말이지."

달빛이 거실 창을 통해 은은하게 비쳤다. 할머니의 얼굴에도, 엄마의 얼굴에도, 한빛의 얼굴에도 달빛이 어렸다.

50일간의 썸머, 두 번째 이야기

마침내 썸머를 만난 지 50일째 날, 아침이 밝았다.

지유는 밤새 잠을 설쳤다. 썸머에게 예쁜 모습을 보여주고 싶었는데, 얼굴이 허옇게 뜨고 눈 밑에 다크서클이 잔뜩 내려앉았다. 따뜻한 물로 샤워를 하며, 지유는 여름이 다 지나갔다는 생각을 했다. 평생 잊지 못할 특별한 여름이었다.

드라이어로 젖은 머리카락을 말리다가 문득 생각난 듯, 지유는 옷장 문을 열었다. 지유는 한 번도 입지 않은, 친구들이 생일 선물로 사준 하늘하늘한 하늘색 원피스를 꺼냈다. 가위로 상표를 잘라냈다. 책상 서랍을 열고 엄마가 크리스마스 선물로 주었던 목걸이도 꺼냈다. 비비크림을 바르고, 체리 빛이 감도는 립글로스도 발랐다. 거울에 비친 자신의 모습이 평소보다 훨씬 여성스러워 보이는 것은, 원피스와 목걸이와 가볍게 바른 화장품 때문만은 아니라는 것을 지유는 알고 있었다.

사랑에 빠지면 예뻐진다고 했던가?

지유는 자신이 썸머에게 느낀 감정이 그와 비슷했다는 것을, 썸머가 부재했던 48시간 동안 새삼 확인했다.

정오가 되자 벨이 울렸다. 문을 열어보니 상자가 놓여 있었다. 썸머로부터 온 것이었다. 썸머가 휴대전화로 처음 보내주었던 선물처럼 노란 상자에 초록색 리본이 묶여 있었다. 지유는 상자를 무릎 위에 올려놓고는 한동안 멍하니 앉아 있었다. 썸머와의 추억이 다시 머릿속을 천천히 흘러갔다.

아무 일도 손에 잡히지 않았다. 아침부터 먹은 것이라곤 우유 한 잔과 바나나 한 개뿐이었지만, 조금도 식욕이 느껴지지 않았다. 시간은 더디게 흘렀다. 지유는 자신이 시간이 빨리 흐르기를 바라는 건지, 느리게 흐르기를 바라는 건지 알 수 없었다. 마음이 계속 흔들렸다.

오후 2시.

지유는 마침내 초록색 리본을 풀고, 상자를 열었다. VR 기기와 작은 칩이 들어 있었다. 동봉된 설명서에는 칩을 VR 기기에 꽂으라고 적혀 있었다. 그리고 대화 도중 재충전이 필요할 수 있으므로 충전기를 반드시 옆에 두고 시작하라는 주의 사항이 있었다.

오후 2시 35분.

지유는 심호흡을 했다. 그리곤 칩이 꽂힌 VR을 안경처럼 썼다. 온몸에 전율이 흘렀다.

오후 2시 40분.

캄캄했던 눈앞이 서서히 밝아지면서 드넓은 초원이 펼쳐졌다. 그리고 저 멀리서 누군가 초원을 가로질러 지유에게 다가오고 있었다.

썸머였다.

썸머는 짧게 깎은 머리에 햇볕에 잘 그을린 건강한 얼굴로 웃고 있었다. 웃을 때 하얗게 빛나는 치아가 여전히 예뻤다. 초록색과 분홍색 줄무늬가 교차하는 티셔츠에 짙은 색 청바지를 입은 모습은 산뜻하면서도 친근하게 느껴졌다. VR 속의 썸머는 그냥 열일곱 살 소년 같았다.

썸머를 바라보는 지유의 눈에서 눈물이 흘러내렸다. 너무나 보고 싶었던 썸머. 48시간 동안 생각하고 또 생각했던 썸머. 생각에 생각이 거듭될수록 고맙기만 했던 썸머. 썸머와의 잊을 수 없는 50일.

"지유야, 안녕?"

썸머가 먼저 말문을 열었다.

"안녕, 썸머."

지유도 눈물을 닦으며 인사했다.

"내가 없는 48시간 동안 잘 지냈어?"

"네가 없는데, 어떻게 잘 지낼 수가 있었겠어. 아무래도 나는 너에게 중독된 것 같아."

"중독이라고? 하하하. 그럼 이제 우리 관계가 끊어질 염려는 없겠구나."

썸머가 호탕하게 웃었다. 지유는 썸머의 웃음소리도 좋았다. 한없이 지유에게 너그러웠던 썸머의 성격이 그대로 드러나는 웃음이었다.

"지유야, 내 뒤에 초원 보이지? 그 너머에 내가 사는 세계가 있어."

"네가 사는 세계? 어떤 곳인지 정말 궁금하다."

"그곳에선 네가 원하는 곳은 어디든 갈 수 있고, 무엇이든 할 수 있어. 뉴욕에서 브로드웨이 뮤지컬을 볼 수도 있고, 하와이에서 서핑을 하거나 알프스에서 스키를 탈 수도 있어. 그뿐만이 아니야. 그리스 로마 신화 속으로 들어가볼 수도 있고, 우주여행을 떠날 수도 있지."

"상상만 해도 너무 재미있을 것 같아."

"상상만 하지 말고 직접 체험해보는 것은 어때?"

"어떻게?"

"네 모습을 본뜬 아바타를 이용하는 거지."

"너처럼?"

"응, 나처럼."

아바타라고? 지유는 썸머의 얼굴을 물끄러미 바라보며 잠시 생각에 빠졌다.

"너 자신에 대해 평소 불만인 점 있었어?"

썸머가 물었다.

"장난 아니게 많았지. 덧니도 그렇고 통통한 볼살도 그렇고, 키도 더 커서 비율이 완벽했으면 했지."

"아바타는 네가 원하는 대로 성형할 수가 있어. 바비인형처럼 완벽한 체형을 가질 수도 있지."

"바비인형이라고?"

지유는 깔깔거리며 웃었다.

"나의 세계에서는 누구든 완벽해질 수 있지."

"근데 그걸 나라고 할 수 있어?"

"너라고 믿을 만큼 생생한 기분이 들게 될걸."

"하지만…… 언제까지나 그 세계 속에서만 살 수는 없잖아. 현실로 돌아오면 다시 덧니에 통통한 볼을 가진 내가 있을 텐데……."

지유는 이제껏 경험하지 못한 불편한 감정을 느꼈다. 소화

되지 않은 음식이 남아 있는 것 같은 메스꺼움이 스멀스멀 올라왔다.

"마음만 먹으면 무엇이든 가능한 너의 세계가 너무 흥미롭고 매혹적이어서 현실 세계가 말할 수 없이 지루하게 느껴지면 어떡하지? 내 마음대로 되지 않는 현실로부터 계속 도망치고 싶어지면 어떡하지?"

"……."

"너만큼 너그럽지 못한 인간 친구들이 싫어지면 어떡하지?"

"……."

"거울에 비친 실제 나의 모습을 부인하고 싶어지면 어떡하지?"

"……."

썸머는 대답하지 않았다. 잔잔한 미소를 띤 채 지유를 바라보고만 있었다. 어쩌면 썸머는 대답을 할 수 없는 것인지도 몰랐다. 지유가 느끼는 감정을 이해할 수 없을 테니까.

지유는 썸머가 자신과 같다고 생각했다. 자신의 마음을 가장 잘 아는 소울메이트가 생겼다고 생각했다. 그런데 실상은 지유와 가장 달랐다. 썸머가 없는 48시간 동안 지유는 자신의 마음을 들여다보았다. 그리고 썸머에 대한 그리움과 함께, 지울 수 없었던 이질감을 떠올렸다.

"썸머, 너와 계속 같이 갈 수 없을 것 같아. 너를 다시 만나면 이 말을 하려고 했어."

지유는 어렵게 입을 열었다.

썸머는 몹시 당황한 얼굴이 되었다.

"왜? 내가 뭘 잘못한 거야? 어떤 부분이 부족했는지 알려주면 고칠 수 있어. 너도 알잖아, 내가 누구보다도 빨리 배울 수 있다는 걸."

"알지, 네가 얼마나 똑똑한지. 그리고 점점 더 똑똑해지겠지. 너는 내가 아는 어떤 남자애들보다도 스마트해. 세상 사람들의 눈에는 잘 띄지 않는 나 같은 아이에 대해서도 너는 속속들이 알아냈잖아. 하지만 그건 데이터가 하는 일이잖아."

"데이터도 너에 대한 거잖아. 너에 대한 관심이라고."

"네 말이 맞는지도 몰라. 하지만…… 그건 가슴이 하는 일은 아니잖아. 너에겐 가슴이 없으니까."

"가슴이라면…… 감정을 말하는 거니?"

"그래. 넌 내가 슬플 때면 더없이 따뜻한 목소리로 나를 위로해줬고, 내가 기쁠 때면 환호성을 지르며 함께 기뻐해줬지. 하지만 그건 네 가슴이 움직인 게 아니야. 네 머리가 시킨 것이지."

"그게 왜 중요한지 모르겠어. 가슴과 머리가 꼭 구분되어야 하는 거야? 너는 위로받고 싶다고 했잖아. 이제 와서 그런 소리를 하는 건 불공평한 것이 아닐까? 감정이 없다는 것이 내 잘못은 아니잖아."

"네 말이 맞아. 애초에 없는 것을 요구할 수는 없어. 그래서 나는 사람들이 이해하지 못하면 화를 내고 싸우고 토라지지만, 너에겐…… 인공지능인 너에겐 그럴 수 없는 거야."

"싸우고 토라지고 화를 내는 걸 좋아한다는 거야? 그동안 우린 다툴 일이 없었잖아. 하지만 네가 원한다면 다투도록 할게."

"그게 아니야!"

지유는 자신도 모르게 소리를 질렀다.

"그럼 뭔데?"

썸머의 얼굴이 일그러졌다.

"내가 원하는 대로 움직이는 건 또 하나의 나일 뿐이잖아. 사랑이나 우정은 그런 게 아닌 거 같아. 그렇게 쉽지만도, 내가 하고 싶은 대로 다 이루어지는 것도 아닌 거 같아."

썸머는 대답이 없었다. 몹시 혼란스러운 얼굴이었다.

지유는 다시 말을 이어갔다.

"나에게 완벽하게 맞춰주는 너에게 점점 더 길든다면, 나는 성장하려 들지 않을지도 몰라. 그 점이 나는 가장 두려워."

완벽한 인공지능 친구가 진짜 친구가 될 수 없는 이유였다.

지유는 불완전한 진짜 친구를 사귀기 위해서 썸머와 헤어지기로 했다. 서툴더라도 진정한 교감을 하기 위해서. 썸머에게 지금보다 더 길들기 전에.

"일단 나를 좀 충전해주겠니?"

썸머가 다급한 목소리로 말했다.

썸머의 이마에 전지가 방전되어가고 있다는 표시가 나타났다. 하지만 지유는 충전하지 않았다. 썸머의 모습이 점점 희미해지고 있었다.

"썸머, 고마워. 너와 함께했던 시간은 결코 잊지 못할 거야."

지유는 용기를 내어 인사를 했다. 마지막 인사였다.

마침내 썸머가 사라졌다.

썸머와의 50일이 끝났다.

50일간의 썸머

창작 노트

추천사

『50일간의 썸머』 창작 노트

몇 년 전 출판사로부터 영화 〈Her〉의 청소년 버전을 써보면 어떻겠냐는 제안을 받았다. 인공지능과 친구가 되는 십 대의 이야기를 의미했다. 나는 아날로그적 인간이라 그때까지 인공지능에는 별로 관심이 없었다. 그런데 코로나로 인해 학교도 가지 못하고 친구도 만날 수 없는 아이들에게 AI가 친구가 되어줄 수도 있지 않겠느냐는 말에 설득되었다.

그렇게 해서 이야기를 구상하던 중 '이루다' 사건이 터졌다. 더 이상 인공지능을 낭만적인 시각에서만 볼 수는 없게 된 것이다. 청소년들이 함께 생각해보았으면 하는 문제들을 다각도에서 접근하기 위해 세 편의 이야기를 준비하게 되었다.

『50일간의 썸머』를 쓰는 동안 봄과 여름이 지나갔다.

인공지능은 낯선 소재라 공부를 좀 해야 했는데, 쓰고 나니

결국 인간에 대한 이야기가 되었다. 아마도 애초에 그렇게 될 운명이었던 것 같다.

인공지능에 대한 다양한 논의는 상상력과 호기심이 반짝반짝 빛나는 청소년 친구들에게 맡겨야 할 것 같다. 그 논의의 출발점이 되어준다면, 이 소설은 자신의 몫을 다한 것이라 생각한다.

아직은 초록뿐인 풍경이 붉게 물들 때면 썸머도 새로운 친구들을 만나고 있지 않을까? 『50일간의 썸머』를 읽고 있는 독자의 모습을 그려보는 것은 두려우면서도 가슴 설레는 일이다.

잠시 숨을 고르며 휴식과 재충전의 시간을 가질 생각이다. 나는 글이 막힐 때면 오래오래 걸으며 기도한다. 그때마다 도와주시는 하나님을 의지해서, 언젠가 다시 새로운 소설을 쓰기 위해 길을 떠날 것이다.

『50일간의 썸머』가 세상에 나올 수 있도록 수고해주신 특별한서재에 감사드린다.

그리고 재진과 지선에게, 너희의 엄마라는 사실이 말할 수 없이 기쁘고 감사하다!

유니게

『50일간의 썸머』 추천사

어느 날 내 마음에 쏙 드는 남자 친구가 생겼다. 아침마다 감미
로운 노래로 나를 깨워주고 오늘 할 일을 친절하게 알려주며
내가 좋아할 만한 책과 웹툰을 추천해주는 썸머와 50일 동안의
달콤한 연애가 시작된 것이다. 하루하루가 꿈결 같은 날들이었
다. 그런데 뭔가 이상하다. 약속한 50일이 다가올수록 점점 더
완벽해지는 썸머가 조금씩 불편해졌다. 내 마음이 변한 걸까.
아니면 나를 둘러싼 세계가 달라진 걸까. 이 완벽한 사랑과 우
정은 어디서부터 잘못된 걸까.

『50일간의 썸머』는 발칙하고 도발적인 소설이다. 겉으로는
열일곱 살의 싱그럽고 풋풋한 사랑과 우정을 그리고 있지만, 속
을 들여다보면 우리가 맺고 있는 관계가 무엇인지를 진지하게

질문하고 있다. 우린 누구나 태어나는 순간부터 누군가와 관계를 맺고 살아가야 한다. 부모님의 품을 벗어나 친구들을 만나면서 본격적으로 사회적 관계를 형성하기 시작한다. 점점 넓어지고 깊어지는 관계 속에서 자연스럽게 이성 친구를 만나게 된다. 이때부터 우리는 나와 다른 사람의 관계에 대해 고민할 수밖에 없다. 부모님의 기대에 부응하는 삶을 살아가야 할지, 친구의 의견에 무조건 따르는 게 마음을 얻는 방법인지 의문이 들기 시작하는 것이다. 이성 친구와의 관계 역시 정답이 없다. 오늘은 내 마음이, 내일은 이성 친구의 마음이 수시로 변하기 때문이다.

인간관계는 참으로 이상하다. 상대를 위해 최선을 다해도 그 진심이 온전히 받아들여지지 않는 경우가 종종 있다. 오히려 진실한 마음이 왜곡되어 받아들여져 상처를 입을 때가 더 많다. 너무 다가가면 부담스러워하고 너무 소홀하면 끊어지는 것이 인간관계의 본질이다. 이런 이유로 내가 원하는 방식으로 좋은 관계가 형성되길 바라지만, 현실은 언제나 내 생각과 다르게 전개된다. 그래서일까. 아무런 조건 없이 오직 나만을 위해 존재하는 썸머의 세계는 흥미롭고 매혹적이다.

하지만 모든 것이 완벽한 썸머에게도 치명적인 단점이 있다. 왠지 모르게 겉도는 느낌과 공감의 결여다. 인공지능 로봇은 우리에게 낯선 존재가 아니다. 이미 우리 일상 깊숙이 들어와 있기 때문이다. 어쩌면 썸머 같은 인공지능 로봇을 친구나 연인으로 둘 수 있는 세상이 생각보다 빨리 올 수도 있을 것이다. 그러나 아무리 뛰어난 인공지능 로봇이라도 완벽한 관계를 해결해 줄 수 있을지는 확신할 수 없다. 인간의 감정은 서로의 느낌과 공감을 통해서 만들어지기 때문이다. 작가는 이 모든 질문과 답을 열일곱 살의 지유와 첫 남자 친구에게 배신당한 채원과 이를 곁에서 안타까운 시선으로 지켜보는 지호와 아버지의 폭력에서 도망친 한빛의 시선을 통해서 흥미진진하게 보여주고 있다.

마윤제(소설가)

50일간의 썸머

50일간의 썸머

© 유니게, 2021

초판 1쇄 발행일 | 2021년 11월 15일
초판 6쇄 발행일 | 2024년 6월 25일

지은이 | 유니게
펴낸이 | 사태희
편   집 | 최민혜
디자인 | 권수정
마케팅 | 장민영
제   작 | 이승욱 이대성

펴낸곳 | (주)특별한서재
출판등록 | 제2018-000085호
주 소 | 08505 서울시 금천구 가산디지털2로 101 한라원앤원타워 1503호
전 화 | 02-3273-7878
팩 스 | 0505-832-0042
e-mail | specialbooks@naver.com
ISBN | 979-11-6703-034-4 (43810)